열일곱의 미리보기

GOKUHIN! SEVENTEEN

written by Shinichi Kurono, illustrated by Masakazu Oya
Text © Shinichi Kurono 2012
Illustration © Masakazu Oya 2012
All rights reserved.
First published in Japan by Rironsha Corporation, Tokyo.
This Korean edition is published by arrangement with Rironsha Corporation, Tokyo
in care of Tuttle-Mori Agency, Inc., Tokyo, through ERIC YANG AGENCY, Seoul.
Korean translation rights © 2024 by Mirae Media and Books, co.

열일곱의 … 미리보기

쿠로노 신이치 지음
이미향 옮김

미래인

차례

지금, 자동재생

...

"선생님이 처방해 주신 약은 먹지 않았어요."

아이가 진찰실에 들어오자마자 입을 열었다.

"굳이 무리해서 먹을 필요는 없어. 불안해지거나 견딜 수 없을 만큼 초조해질 때 복용하면 돼."

나는 환자 진료 카드를 내려다보다가 고개를 들면서 말했다.

"선생님은 좀 특이하네요. 다른 의사들은 무조건 약 먹으라고 끈질기게 말하던데."

아이가 눈을 치뜬 채 도전적인 눈빛으로 나를 쏘아보았다.

요즘 들어 이런 눈빛을 한 환자가 부쩍 늘었다. 이 아이의 이름은 가와나 미카이며 고등학교 2학년이다. 등교를 거부하고 은둔형 외톨이로 지낸 지 5개월 정도 되었으며 매일 부모와 다투고, 흥분하면 고함을 질렀다. 하지만 약물 의존이나 과식증은 없다는 점이 그나마 다행이었다. 딸의 이러한 행동을 더 이상 참을 수 없었던 부모는 미카를 데리고 대학 병원 정신 건강 의학과를 찾았다. 그러나 미카는 진료를 받는 동안 침묵으로 일관했다. 처방받은 약은 손도 대지 않았다. 그런 미카가 내가 있는 병원을 방문한 건 지난주였다. 다행히 질문에는 성실하게 답변해서 일단 안심했다.

"의사들은 환자가 약을 달고 살길 바라는 거죠? 약에서 벗어날 수 없도록 해 놓고, 자기들은 기뻐 어쩔 줄 모르는 꼴이라니."

"의존성이 강한 약은 점차 줄여 나가고 있으니까 그 점은 걱정 안 해도 돼."

"솔직히 말해 봐요. 그냥 약이나 줘 버리는 게 훨씬 편하고 돈도 되잖아요? 환자가 하는 이야기에 귀 기울여 봤자 시간 낭비일 텐데. 병이 낫는다는 보장도 없고."

미카는 명문 대학 합격자를 다수 배출한 고등학교에 다니고 있었다. 고1 봄에 실시한 모의고사에서는 전교 석차가 무려 5등이었다고 한다. 이 정도 수준이라면 도쿄대학교 합격도 가능했을 터였다. 하지만 미카의 성적은 서서히 떨어졌고, 2학년 무렵에는 꼴찌에 가까운 등수가 되었다고 한다.

미카는 본인이 아닌 다른 사람에게 책임을 전가하는 신형 우울증을 앓고 있었다. 자기애에서 비롯된 본인의 이미지와 현실 속 자신과의 괴리를 받아들이지 못하고, 그것을 타인 혹은 사회

탓으로 돌리는 증상이다. 타깃에 의사도 포함된 것 같았다.

"이전에 다니던 내과는 꽤 인기 있는 곳 같았어요. 근데 다들 진료실에 들어가면 3분도 안 돼서 나오는 거예요. 기다리는 시간이 줄어들어서 기쁘긴 했지만, 왠지 대충 진찰하는 건 아닌가 싶어 불안했어요. 다음 제 차례가 와서 진료실로 갔어요. 그런데 의사 선생님이 제 생활 습관부터 학교 얘기까지 쓸데없는 걸 꼬치꼬치 캐묻는 거예요. 나는 단지 감기약이 필요했을 뿐인데 말이죠. 뭐, 이런 진료가 다 있나 싶더라고요. 이게 말이 되나요?"

"의사들도 여러 스타일이 있으니까."

"환자를 효율적으로 굴려서 마구잡이로 약을 주면 돈은 벌겠죠. 하지만 겨우 감기 환자를 붙잡고 느긋한 얘기라니."

미카의 얼굴은 일그러져 있었다.

"의사 따위는 최악이야."

미카는 내뱉듯이 말을 덧붙였다.

"처음 진료받으러 갔던 정신 건강 의학과 선생님은 누렇게 변한 흰색 가운을 입고 있었어요. 뚱뚱한 데다 입냄새는 또 어찌나 지독하던지. 대체 그런 사람이 어떻게 제 고민을 이해할 수 있겠냐고요. 환자의 마음을 알고 싶으면 우선 몸을 단정하고 청결하게 유지해야 하는 거 아닌가요?"

"그 의견에는 나도 찬성이야."

"근데 선생님은 같은 여자인 데다가 젊어서 이야기를 나눠 볼까 싶은 마음이 생겼어요. 나이가 어떻게 돼요?"

"스물여섯."

"정말요? 대학생 정도로 보이는데."

"고마워. 빈말이라도 기분 좋네. 하지만 어떤 환자분들은 어리다고 가끔 무시하기도 하는걸."

"신경 쓰지 마세요. 의사는 뭐 아무나 되는 건가요?"

"미카도 혹시 의사가 되는 게 목표니?"

나는 문득 의사에 대한 혐오감이 거기서 비롯된 건 아닌가 싶은 생각에 질문을 던져 봤다. 그 순간 미카의 얼굴빛이 흐려졌다.

"왜 그런 질문을 하는 거죠?"

"딱히 이유는 없어. 아니라면 미안해."

"어차피 선생님은 이해할 수 없을 거예요."

미카는 새끼손가락 손톱을 물어뜯기 시작했다.

"글쎄. 이해의 문제는 네가 말해 주지 않으면 판단할 수 없을 것 같은데?"

미카는 한숨을 내쉬더니 자세를 고쳐 앉았다.

"우리 집은 평범해요. 아빠가 다니는 회사는 상장 기업이라고는 하지만 들어 본 적도 없는 곳이고, 엄마는 그저 그런 여대의 영문과를 나와서 지금은 전업주부거든요. 본인들의 꿈을 딸이 대신 이뤄 주길 바라는 걸 알지만, 당사자인 저로서는 너무 성가신 일이죠."

"그동안 열심히 했구나."

"맞아요. 제 입으로 말하기는 좀 뭣하지만, 중학교 때까지는 미친 듯이 공부했어요. 부모님은 제가 수준 높은 고등학교에 입학하길 바라더라고요. 어쨌든 합격해서 다행이다 싶었는데, 알고 보니 이 학교는 정치가, 변호사, 의사 자녀들만 다니는 이상한 곳이었어요. 다들 집안이 무지막지하게 부자인 거 있죠? 걔네는 어릴 때부터 부모가 과목별로 전임 가정 교사를 붙여 줘서 시험 성적이 조금이라도 내려가면 철저하게 대책을 세워 준다나? 저처럼 혼자서 다 해야 하는 학생은 애당초 경쟁이 안 돼요."

"힘들겠다."

내가 위로의 말을 건네자, 미카는 고개를 크게 끄덕였다.

"외가에서 가장 성공한 경우라면 이번에 병원을 개업한 친척 정도예요. 친가 쪽도 지방 공무원이나 이름 있는 기업의 영업직은 있어도 의사는 없어요. 그런데 저보고 의사가 되라니, 말도 안 되는 소리죠."

"정말로 말이 안 된다고 생각해?"

"저도 처음에는 마음이 움직였던 건 사실이에요. 이과 과목에 자신 있고 생물을 가장 좋아하니까요. 하지만 병원에 있는 의사 선생님들을 만나 본 뒤부터 그 직업에 환멸을 느꼈어요. 애초에 의대에 갈 수 있는 집안도 아니잖아요. 게다가 돈도 많이 드니까 역시 의사 자녀들이나 의사가 되는 거겠죠."

"꼭 그렇지만은 않아."

"선생님의 부모님은 의사 아니에요?"

"아니야."

"그럼 변호사? 아니면 대학교수?"

"우리 아버지는 공장의 파견 노동자였어."

미카는 순간 내 얼굴을 말끄러미 쳐다봤다.

"농담이죠?"

"농담 아니야. 더군다나 그 아버지라는 사람은 갑자기 증발해 버렸지. 당시 난 너처럼 고등학교 2학년이었는데, 지역에서 알아주는 악명 높은 학교에 다녔어. 물론 중퇴했지만."

"중퇴해서는요? 은둔형 외톨이?"

"아니. 남자 친구와 함께 도쿄로 사랑의 도피를 했지."

"멋지다!"

미카가 눈을 크게 부릅떴다.

"그럼 선생님은 대체 어떻게 의사가 된 거죠?"

"그냥 공부했을 뿐이야."

"공부뿐이라고요? 저, 선생님 이야기 더 듣고 싶어요. 젊었을 때 어떻게 살았어요?"

"지금도 젊다고 생각하는데."

"그게 아니라 10대에서 20대 초에 걸쳐서 말이에요. 선생님이 살아온 인생이 너무 흥미진진해요."

나의 개인적인 이야기가 미카의 정신 치료에 얼마나 효과가 있을지 확신할 수는 없었다. 오히려 미카의 고집이 세질지도 모르는 일이었다. 하지만 나는 미카의 바람대로 이야기를 들려주기로 결심했다. 미카의 우울증이 심각한 수준이 아니니 내 이야기에 자극받아 자기 내면에 있는 악과 맞설 수 있는 용기를 가질 수도 있지 않을까 싶은 생각이다. 그렇게만 된다면 미카가 앓고 있는 마음의 병은 틀림없이 개선될 터였다. 게다가 나 자신도 그때의 경험을 천천히 되짚어 보려던 참이었다. 가장 사랑했던 사람과 보냈던 짧고도 애절했던 반년의 추억을.

"그럼 고등학교 2학년으로 돌아가 당시를 회고해 볼게. 꽤 길어질 거야."

"자기 최면을 걸어 연령 퇴행 요법*을 하려는 건가요?"

"어려운 용어를 알고 있네. 근데 그것과는 조금 달라. 물론 과거에 힘든 일을 겪은 건 사실이지만, 내 경우에는 트라우마가 되진 않았거든."

그렇게 말하고는 문득 생각했다.

"아니다. 꼭 그렇다는 확신은 못 하겠네. 그럼, 지금부터 말해 볼게."

"가슴이 두근거려요."

미카의 눈동자가 반짝거렸다.

* 과거의 특정한 경험을 재생하여 문제의 원인을 찾아 해결하는 치료법.

열일곱, 미리보기

...

...

1

황금연휴가 막 끝난 5월치고는 몹시 추웠던 어느 날, 아빠가
증발했다.

증발이라니, 사람이 액체도 아닌데 이런 말을 하는 게 이상하
다고 생각할지 모른다. 하지만 일주일 이상 아무런 연락도 없이
집에 오지 않는 사람에게 증발했다는 서술밖에는 표현할 방법이
없었다. 원래 아빠는 공장을 다니고 있었다. 하지만 공장이 경기
불황으로 어려워지자, 아빠를 포함한 노동자 몇 명이 한 달 전에
해고되었다. 그 덕분인지 공장은 살아남아 영업을 계속하고 있
었다.

"당신한테도 책임 있어. 언제 제대로 내조해 줬어?"

그렇게 회사의 희생양이 되어 버린 아빠는 집에서 술을 마시며

횡포를 부렸다. 이를 말리던 엄마에게 주먹을 휘두르기도 했다. 엄마는 아빠의 크고 억센 손바닥에 옆통수를 얻어맞고 마루 위에 쓰러졌다. 나는 여동생을 끌어안은 채 이 광경을 지켜보고 있었다. 어두운 형광등 불빛 아래에 비친 엄마의 표정을 본 순간, 동생이 몸서리치는 것이 느껴졌다. 엄마는 핏발 선 눈으로 아빠를 째려봤다. 아빠는 멈칫거렸지만, 다시 한번 엄마를 향해 손바닥을 날렸다. 좁은 아파트 안이 울릴 정도로 엄청난 소리였다. 엄마의 목이 마치 나사처럼 순식간에 오른쪽으로 회전하더니 45도 각도에서 멈췄다. 그대로 3초 정도 있던 엄마는 조용히 정면을 향해 또다시 얼굴을 돌렸다. 그러더니 험악한 표정으로 위를 올려다보았다. 조금 전보다 원망스러움이 한층 짙어진 듯한 무서운 표정에 아빠는 작은 비명을 내지르며 엄마의 가슴을 발로 찼다. 엄마는 뒤로 나자빠져 태아처럼 몸을 웅크리고는 더 이상 움직이지 않았다.

"엄마, 죽은 걸까?"

세 살 아래인 동생 유미가 불안한 듯 나를 바라봤다. 내가 답하기도 전에 훌쩍거리는 소리가 들려왔다. 엄마는 흐느껴 울며 뼈가 도드라진 앙상한 등을 미세하게 흔들고 있었다. 소리는 점차 커지더니 오열로 바뀌었다. 그대로 계속 울고 있던 엄마는 갑자기 일어나더니 소리를 지르며 주방으로 향했다. 그러고는 싱크대에 놓여 있던 식기를 닥치는 대로 아빠에게 던지기 시작했다. 아빠는 양팔로 얼굴을 감싸면서 그만두라며 소리쳤다. 나와 동생은 비명을 지르며 안방으로 피신했다. 우리는 한참을 방구석에 웅크리고 앉아 있었지만, 그릇들이 깨지는 소리는 좀처럼 그치지 않았다. 유미가 울기 시작했고, 나는 유미의 머리를 감싸안으며 다독였다.

드디어 소리가 멈췄다. 엄마의 찢어질 듯한 목소리도 아빠의 호통도 들려오지 않았다. 나는 유미를 안정시킨 다음 문 너머로 바깥 상황을 살펴보았다. 발밑에 갈색을 띤 가느다란 강이 흘렀는데 그 강의 상류에 굴러다니는 간장병이 보였다. 식사 공간 겸 부모님 침실로 사용하는 방에는 마치 태풍이 휩쓸고 지나간 듯했다. 밥상은 엎어져 있고, 깨진 그릇의 파편들이 어지럽게 흩어져 있었다. 이윽고 부엌에 주저앉아 있는 두 사람의 그림자가 보였다. 머리가 긴 쪽이 다른 한쪽의 어깨에 얼굴을 묻은 채 흐느끼고 있었다. 그 등을 톡톡 두드리고 있는 큰 손바닥이 보였다. 아빠는 가슴이 무너져 내린 엄마를 끌어안은 채 멍하니 천장을 올려다보았다. 나는 바닥에 무릎을 꿇고 그릇 파편을 줍기 시작했다. 그때 놀란 얼굴의 유미가 서로 부둥켜안고 있는 부모님을 바라보며 방에서 나오다가 소리를 질렀다. 유미의 새하얀 양말이 빨갛게 물들었다. 깨진 그릇을 밟은 것이다.

"빨리 양말 벗어."

나는 서랍에서 소독약을 가지고 왔다. 발바닥을 살펴보니 다행히도 심한 상처는 아니었다.

"나 빈혈로 쓰러질지도 몰라."

유미가 가냘픈 목소리로 말했다.

"그 정도로 심하진 않아. 금방 멈출 거야."

"그렇지만 정신이 몽롱해지는 것만 같은걸. 난 생리 때도 늘 이렇거든. 만성적으로 피가 부족한 거야."

"괜찮다니까."

지혈에는 시간이 걸렸지만, 흘린 피는 많지 않았다. 동생을 안심시키고 다시 방 청소를 시작했다.

"언니, 미안한데 나 내일 일찍 일어나야 해서 먼저 잘게."

유미가 발바닥에 커다란 반창고를 붙인 채 일어섰다. 동생이 다니는 중학교는 집에서 버스로 한 시간 거리다. 내가 중학생 때는 집에서 15분만 걸으면 갈 수 있는 중학교가 있었지만, 동생이 중학교에 입학하던 해에 그 학교는 폐교되고 말았다.

나는 깨진 그릇을 마저 치우고 마루에 튄 조미료를 닦았다. 그동안 부모님은 여전히 서로 안고 있었다.

"이 정도면 이불 깔 수 있으니까 괜찮을 거예요. 그만 잘게요."

두 사람 모두 아무런 대답이 없었다. 나는 집을 치우느라 땀을 흘린 탓에 씻고 싶었다. 하지만 시간이 너무 늦어서 하는 수 없이 이불에 누웠다. 옆에서는 유미가 코를 골며 자고 있었다. 낮에 무슨 일이 일어나더라도 밤에는 푹 잘 수 있는 아이였다. 하지만 나는 유미와는 다르게 잠들기까지 시간이 걸리는 편이다. 이불 속에 들어가자마자 걷잡을 수 없는 잡념이 꼬리에 꼬리를 물고 계속 떠올라 정신이 맑아지기 때문이었다. 부모님의 큰 다툼으로 한참을 긴장했던 탓에 그날 밤도 쉽게 잠들지 못했다. 그러다 새벽이 다 돼서야 겨우 잠이 들었다.

다음 날 아빠는 직업소개소에 갔다 오겠다는 말을 남기고, 집을 나섰다. 하지만 밤이 깊어도 돌아오지 않았다.

그런 상태가 일주일이나 지속되자 우리 가족은 아빠가 증발했다는 사실을 받아들이지 않을 수 없었다.

"엄마하고 화해한 거 아니었어?"

유미가 큰 목소리로 말했다. 나는 혹시라도 옆방에 있을 엄마가 들을까 봐 유미의 입을 틀어막아야 했다.

"엄마야말로 그게 가장 궁금한 사람일 거야."

아빠가 돌아오지 않자 엄마는 우울증 증상이 도져서 집에만 틀어박혔다. 내가 구부정하게 누워 있는 엄마의 등에 대고 말을 걸면 "괜찮아. 피곤해서 잠시 쉬고 있을 뿐이야. 금방 일어날게" 하고 답했다. 그나마 엄마가 일어나 가끔 요리를 만들기도 했는데 간단한 반찬거리뿐이었다. 그러면서 한창 자랄 나이인 유미에게는 잘 먹어야 한다며 먹고 싶은 걸 사 오라고 용돈을 줬다. 유미는 신나서 자기가 좋아하는 분식이나 즉석식품을 잔뜩 샀다. 내가 이래서는 영양의 균형이 깨진다고 지적했다. 그러자 엄마는 "그럼 아쓰미가 균형 맞추는 역할을 좀 해 줘"라며 나한테 부탁했다.

"언니가 나보다 집에 먼저 오니까 저녁 반찬거리 사 와. 나는 수업 끝나고 동아리 활동도 있어서 장 보는 거 힘들단 말이야."

유미도 입을 삐죽거리며 말했다. 내가 다니는 고등학교는 집에서 도보로 10분 거리이고, 가는 길에 상가도 있다. 따라서 엄마와 동생의 부탁을 거절할 이유는 없었다.

이렇게 해서 나는 우리 집 식사 담당이 되었다. 막상 요리해 보니 꽤 재미있어서 인터넷으로 여러 조리법을 검색해 식단에 활용했다.

"아쓰미는 손재주가 좋아서 여러 가지 음식을 만들 줄 아네."

어느 날 저녁 식사를 하던 도중 엄마가 말했다.

"나는 다양한 요리를 못하잖아. 아빠도 불만이었겠지? 아쓰미는 대체 누굴 닮은 걸까?"

엄마의 말투에서 왠지 모르게 원망하는 뉘앙스가 느껴졌다. 나는 모르겠다고 답한 뒤, 입에 밥을 밀어 넣고는 우물거렸다.

내가 누구를 닮았는지 사실 엄마는 알고 있다. 나는 돌아가신 할머니, 그러니까 아빠의 엄마가 젊었을 때의 모습과 똑 닮았다는 이야기를 많이 들었다.

할머니는 1년 전 병으로 세상을 떠났는데 생전에 엄마와는 별로 친하지 않았다. 손끝이 야무져서 무슨 일이든 척척 믿음직스럽게 해내던 할머니는 우울증 증상이 있는 엄마와 아들과의 결혼을 끝까지 반대했었다고 한다.

"언니는 돌아가신 할머니를 닮은 게 확실해. 아빠는 낙오자지만, 원래 그쪽 집안사람들은 똑똑했다면서?"

유미가 대화에 끼어들었다. 동생은 엄마 쪽 피를 많이 이어받았다.

"나는 언니처럼 우등생도 아니고, 운동도 못하잖아. 게다가 요리도 마찬가지고."

"아니야. 유미도 열심히 하고 있잖아. 그렇게 자기를 비하해서는 안 돼."

내가 하려던 말을 엄마가 가로채듯 말해 버렸다.

"비하하는 건 아니지만, 이게 현실이잖아?"

동생이 내 얼굴을 지그시 바라봤다.

"유미도 마음먹고 노력하면 되지 않을까?"

내가 이렇게 말하자, 유미의 아랫눈꺼풀이 씰룩하고 움직였다.

"그 말은 내가 제대로 하고 있지 않다는 뜻이야?"

"그런 뜻이 아니야."

유미는 과장되게 한숨을 내쉬었다.

"이 세상에는 하면 되는 사람과 해도 안 되는 사람이 있는 거야. 그걸 노력 부족이라고 단정 지으면 안 돼. 게다가 성공에는 운도 따라야 하는 법인데, 나는 절대 운이 좋은 편이 아니거든."

운이 따르지 않는다는 유미의 말은 사실인 것 같았다. 유미가 중학교 올라가던 해에 근처에 있던 중학교가 폐교된 것만 봐도 알 수 있었다.

"운은 스스로 잡는 거라는 바보 같은 소리는 하지 말아 줘. 만약 그럴 수 있다면 갑자기 트럭에 치여서 죽는 사람이 나올 리 없잖아."

나는 그 말에 대꾸하려고 입을 열었다가 결국 멈췄다.

엄마는 "자, 유미. 얼른 밥 먹어야지" 하고 말했다.

2

oooo

오랜만에 유타로를 만났다. 유타로는 머리를 깎아 올려 금발로 염색했으며 골목을 팔자걸음으로 걷고 있었다. 골반에 걸쳐 입은 헐렁한 바지는 금방이라도 무릎까지 흘러내릴 것만 같았다. 바지를 저런 상태로 입는 것도 하나의 특기라는 생각이 들었다.

"어이."

유타로는 나와 보조를 맞춰 걷기 시작했다. 아무래도 오늘은 함께 등교할 생각인 것 같았다. 내 옆으로 나란히 걷고 있는 유타로를 올려다보니 못 본 사이에 키가 커져 내심 놀랐다.

"오늘은 학교 가는 거니?"

"응, 가끔은 얼굴을 보여야지. 아니면 날 잊어버릴 거 아니야."

"유타로는 절대 잊을 수 없지."

집 근처에 사는 동갑내기 유타로는 나의 어린 시절 소꿉친구다. 유치원부터 초중고를 계속 같이 다녔고, 고등학교 2학년인 현재는 같은 반이다. 우리는 유치원과 초등학교 저학년 때까지 바깥에서 떠들며 놀고는 했었다. 그 당시 유타로는 지금은 상상도 못 할 만큼 가냘픈 남자아이였는데 중학생 때부터는 서로를 의식하게 되면서 교류가 끊겼다. 이후 고등학생이 되며 다시 자연스럽게 어울렸다.

"나는 퇴학당해도 별 상관없어."

"아무려면 어때. 유타로의 인생인데 스스로 납득할 수 있는 방식으로 살아가면 되지."

유타로는 "그렇지?" 하고 고개를 끄덕였다.

"역시 아쓰미는 늘 옳은 말만 한다니까. 맞아, 내 인생이니까 내가 납득할 수 있는 방식으로 사는 것뿐이야."

"그렇다고 너무 심한 장난 같은 건 치면 안 돼."

내 말에 유타로는 알고 있다고 말하고는 웃었다.

"유타로, 오랜만. 아쓰미랑 등교?"

같은 반 가와베가 자전거 경적을 울리며 앞질러 갔다. 바로 뒷자리에 탄 구보타도 깔깔거렸다. 구보타의 아빠는 아직도 우리 아빠가 다니던 공장에서 일하고 있는 거로 봐서 해고는 면한 것 같았다.

"이 자식들, 가다가 넘어져라."

유타로가 그들을 향해 소리쳤다. 가와베와 구보타는 유타로와 어울려 다니는 친구들로 지금도 유타로를 놀리는 것일 뿐 나쁜 뜻은 없었다.

"아쓰미가 이런 학교에 다니다니."

눈앞에 학교 정문이 보였다. 학교 부지를 둘러싼 담벼락에 지저분하게 쓰인 낙서가 더 늘어난 것 같았다. 교문을 지나 학교 건물 안으로 들어서자 한층 더 심각한 광경이 눈에 띄었다. 복도부터 천장까지 온통 스프레이 낙서로 뒤덮여 있어서 마치 여느 화가의 캔버스를 보는 듯한 기분이었다. 이런 학교인 만큼 빈말이라도 수준이 높다고는 할 수 없었다. 유타로가 그렇게 말한 이유는 내가 중학교 때 전교 석차가 3등이었던 만큼 더 나은 학교에 입학할 수 있었기 때문이다. 물론 사립이라면 훨씬 괜찮은 고등학교가 있겠지만, 아빠의 수입으로는 사립 고등학교의 수업료를 감당할 수 없었다. 게다가 적게나마 돈을 벌어 오던 아빠마저 직장에서 해고당한 뒤 집을 나가 버린 것이 지금 내 현실이다.

교실로 들어서자마자 남학생들이 유타로 주변으로 몰려들었다. 그 바람에 나는 자연스레 내 자리로 갔다. 등교하지 않는 날이 등교하는 날보다 많았지만, 유타로의 인기는 여전했다. 반면, 나는 반에서 소외돼 있었다. 새 학기가 시작되고 한 달이 지나도록 나는 아직 친구가 없었다. 그렇다고 왕따를 당한다거나 친구들에게 미움을 사고 있는 건 아니다. 애들은 내가 자기들과는 뭔가 다르다고 생각하는지 가까이 다가오려고 하지 않았다. 이런 상황은 지금뿐만이 아니었다. 중학교 때부터 반 아이들로부터 늘 이런 대우를 받았다.

수업 종이 울리고, 담임 선생님이 교실에 들어왔다. 반 아이들은 여전히 떠들고 있었다. 정년이 임박한 선생님은 그러거나 말거나 담담하게 출석을 불렀다.

"사이조 유타로."

"결석도 상관없지만, 선생님 얼굴 뵈러 왔어요. 한가해서요."

유타로가 답했다.

"사찰에 왔으면 입장료 내라."

"선생님은 부처가 아니야. 아직 저렇게 멀쩡히 살아 계시잖아."

"그리고 보니 얼굴이 불상하고 조금 닮으신 듯."

교실 여기저기서 웃어 대는 소리가 들렸다. 선생님은 학생들이 무슨 소리를 지껄여도 동요하지 않고 끝까지 출석을 부르고는 교실을 빠져나갔다.

1교시 국어 수업이 시작되었지만, 교실은 여전히 어수선했다. 내 옆에 앉은 남학생은 시끄럽게 코를 골고, 앞에 앉은 남학생은 핸드폰으로 영상을 검색하느라 정신이 없었다. 그러다 마음에 드는 영상을 발견하면 "우와!" 하고 흥분된 목소리로 옆자리에 있는 학생에게 보여 줬다. 재미있는 점은 다른 학생들도 그런 영상에 관심을 보인다는 거였다. 목을 쭉 내밀어 화면을 들여다보고는 "뭐야, 재미없어"라며 장난을 치기도 했다. 그러다 보면 그날 하루 학교생활이 끝났다.

　내가 만든 햄버거가 세상에서 제일 맛있다던 유미의 말이 생각
났다. 나는 저녁 메뉴를 햄버거로 정하고 학교를 마치자마자 정
육점을 가기 위해 역 앞 상가로 갔다. 그런데 미로와 같은 상가
골목에서 길을 잃어 우왕좌왕하는 처지가 되었다.

　인적이 드문 좁은 골목길로 들어섰을 때였다. 교복을 입은 남
학생 무리와 맞닥뜨렸다. 그중 가장 키가 큰 남학생은 점심시간
에 조퇴했던 유타로였고, 옆으로는 오후 수업 시간에 도망친 가
와베와 구보타가 서 있었다. 그들은 다른 학교 학생들과 대치
중인 것으로 보였는데 교복을 보니 부잣집 아이들이 다니는 사
립고 중 하나인 것 같았다. 게다가 유타로 무리가 겁에 질린 표
정의 사립고 학생들을 윽박지르고 있었다.

　"너희 이대로 무사히 돌아갈 수 있을 것 같아?"

　가와베가 위협적인 말투로 말했다. 사립고 감색 교복을 입은
두 명의 학생이 부들부들 떨기 시작했다. 그러자 구보타가 그 두
학생의 재킷 안쪽 주머니를 뒤지더니 지갑을 끄집어냈다. 순간
나는 무서운 얼굴의 유타로와 눈이 마주쳤다. 한껏 치켜 올라갔
던 그의 눈동자에 당황한 기색이 역력했다. 유타로는 즉시 나를
옆에 있던 골목으로 데리고 갔다.

　"아니, 이건 말이지. 저 녀석들이 자꾸 건방지게 굴어서 말다툼
을 좀 했거든. 그래서……."

"그래서 돈을 요구한 거야?"

"그래. 그게 잘못이냐?"

유타로가 내 눈을 피하며 뻔뻔스럽게 말했다. 나는 "응, 잘못이라고 생각해" 하고 솔직하게 답했다.

"그건 나도 알아. 그래서 내가 경멸스러워?"

"앞으로도 이런 짓을 계속한다면 경멸하게 될지도 모르지."

유타로가 곧 울 것 같은 얼굴로 고개를 좌우로 흔들었다. 그의 이런 표정은 초등학교 저학년 이후 처음 보았다.

"물론 내가 나쁜 짓을 하는 건 맞아. 하지만 솔직히 세상도 너무하잖아. 아쓰미 아빠 해고당했다면서? 구보타한테 들었어. 그런데 우리 아빠도 이미 훨씬 전부터 일거리를 구하지 못하고 있어. 선반 작업 중에 사고로 손가락이 절단됐거든. 그랬더니 아무도 고용해 주지 않아. 지금 아빠의 산재 보험금과 할아버지의 연금 그리고 엄마의 파트타임 수입으로 우리 가족 여섯 명이 생활하고 있다고. 초등학생 동생들은 한창 자랄 나이라서 한때는 나도 성실하게 아르바이트하려고 했었지. 근데 내가 다니는 학교 이름을 듣자마자 아무도 날 고용하지 않는 거야. 상황이 이런데 대체 무슨 일을 어떻게 할 수 있을까? 그러니까 아빠한테 받은 용돈으로 오토바이나 사서 끌고 다니는 저 녀석들이 불행한 우리한테 조금은 베풀어도 되는 거 아냐?"

"베풀지 말지 결정하는 건 쟤들이야. 유타로가 아니라."

그래 알았어, 하고 유타로는 뾰로통한 표정을 지었다.

"하긴, 넌 옛날부터 우등생이었지. 고등학교에 들어간 후 조금은 나태해지나 싶었는데 전혀 그렇지도 않고 말이야."

유타로는 나를 골목에 홀로 남겨 놓고 무리가 있는 곳으로 가 버렸다. 그러자 "야, 이제 됐으니까 너희들 어서 꺼져!" 하는 고함이 들려왔다.

"돈 필요 없으니까 당장 꺼지라고. 앞으로는 이 동네에서 서성거리지 마라."

"뭐? 유타로, 말도 안 돼. 돈을 돌려준다고?"

구보타의 불만 섞인 목소리가 들렸다. 이윽고 사립고 학생 두 명이 골목을 빠르게 나갔다. 그런 와중에 한 명이 내 쪽을 힐끗 돌아보았다.

3

여전히 아빠는 집으로 돌아오지 않았다. 2주째였다. 당연히 가족 누구에게도 연락이 없었다. 엄마는 적극적으로 아빠를 찾으려고도 하지 않았다. 그저 매일 혼잣말을 중얼거리며 좁은 방 안을 왔다 갔다 하다가 방바닥에 벌러덩 드러눕곤 했다.

어느 날 엄마에게 식비를 달라고 했더니 "이제 돈이 없어" 하는 답이 돌아왔다. 앞으로 어떻게 할 것인지 따져 묻고 싶었지만, 그건 엄마를 더 괴롭히는 일 같아 그만두었다. 그러자 엄마는 "왜? 할 말 있으면 솔직하게 말해 봐" 하며 나를 째려보았다. 잠시 후 집에 돌아온 동생은 학교 가방을 방에 놓자마자 "아, 배고파. 오늘 저녁은 뭐야?"라고 물으며 나에게 바짝 다가왔다. 나는 아무 말 없이 고개를 가로저었다.

"뭐? 아직 저녁을 안 했다고?"

유미는 당장 지구가 멸망하기라도 할 듯 말했다.

"나 죽을지도 몰라. 동아리 훈련 때문에 학교 운동장을 열 바퀴나 달렸단 말이야. 배고파 쓰러질 것 같다고. 어떻게든 해 봐."

그 소리에 엄마가 벌떡 일어나더니 핸드폰이 있는 곳으로 느릿느릿 걸어갔다. 그러고는 어딘가에 전화를 걸더니 아빠의 소재를 확인하는 것 같았다.

"그렇습니까? 번거롭게 죄송합니다. 감사합니다."

엄마는 핸드폰을 내려놓고 한숨을 쉬었다. 이어 다른 곳에도 전화를 걸었지만, 원하는 소식을 듣지 못한 듯 낙담한 표정으로 통화를 마쳤다. 나와 동생은 그 상황을 가만히 지켜볼 수밖에 없었다.

"아빠가 어디로 갔는지 친척이나 회사 동료도 전혀 모른다네."

엄마는 유미 쪽은 보지 않고, 내 눈을 똑바로 응시하며 말했다.

"나 배고파."

유미도 엄마 얼굴은 보지도 않고, 나를 올려다볼 뿐이었다.

"아무래도 엄마가 일을 해야 할 것 같아. 파트타임이라도 찾아볼게. 하지만 급여를 받을 때까지는 돈을 줄 수 없어. 조금 전 계산해 보니 370엔밖에 없더라고."

나는 엄마가 원하는 바가 무엇인지 그제야 깨달았다.

"나한테 세뱃돈 모아 둔 거 있으니까 우선 그것부터 사용하자.

아르바이트도 알아볼게."

내가 이렇게 답하자 엄마는 당연하다는 듯 고개를 끄덕였다.

"잘됐다, 유미는 소스 듬뿍 얹은 닭고기 먹고 싶어. 또……."

"유미도 용돈 모아 둔 것 있으면 조금 도와줄래? 아르바이트나 파트타임은 빨리 구할 수 없을 것 같고, 바로 급여를 받을 수 있는 것도 아니니까."

내가 말하자 유미는 고개를 좌우로 흔들었다.

"미안, 언니. 난 지금 같은 거 없어. 세뱃돈은 다 써 버렸고."

어쩔 수 없이 내가 모은 돈을 세어 보니 5만 엔 정도 되었다. 그렇다고 이걸 다 식비로 써 버릴 수도 없는 일이었다. 불과 며칠 전 전기세 청구서가 날아왔고, 다음 달에는 집세도 내야 했다. 그래서 당분간은 부엌에 남아 있는 쌀, 밀가루, 파스타 등으로 요리해 먹자고 제안했지만, 엄마가 거절했다.

"너는 이제 키가 다 커서 괜찮겠지만, 유미는 지금 한창 자랄 나이야. 더군다나 배구부에서 매일 훈련하고 있는데, 단백질 같은 영양소를 제대로 섭취 못 하면 너무 불쌍하잖니."

그 말에 유미의 표정이 확 밝아졌다. 결국 저녁 식탁에는 닭 요리가 올라왔다. 유미는 얼마 안 되는 고기를 덥석덥석 집어 먹었다.

다음 날부터 나는 아르바이트를 구하기 위해 여기저기 돌아다녔다. 불경기이긴 하지만 아르바이트를 모집하는 곳들은 꽤 있었다. 나는 집이나 학교에서 가까운 음식점을 중심으로 이력서를 보냈다. 굳이 음식점을 고른 이유는 혹시나 팔고 남은 음식이나 부서져서 팔 수 없는 과자 같은 것을 덤으로 받을 수 있지 않을까 하는 생각에서였다. 나는 평소 적게 먹는 편이지만, 유미는 정말이지 돼지처럼 음식을 먹어 치운다. 그러다 먹을 게 없으면 "배고파. 빨리 밥 줘" 하면서 나와 엄마의 뒤를 끈질기게 쫓아다니고는 했다.

하지만 결과는 좋지 못했다. 이게 바로 며칠 전 역 앞 골목에서 유타로가 말했던 현실이었다. 도립 도노고등학교의 학생은 그 어디에서도 고용하지 않았다. 그들은 우리의 이력서를 보자마자 퇴짜를 놓았다. 여기서 나는 어떤 한 가지 사실을 깨달을 수 있었다. 이렇게까지 신뢰받지 못하는 학교를 졸업한들 과연 제대로 된 직장을 찾을 수 있을까? 물론 심기일전해서 공부한 끝에 대도시의 명문 대학에라도 진학한다면 모르겠지만, 도노고에서 대학 진학을 희망하는 학생은 전교생의 10퍼센트도 안 된다. 이것이 현실이라면 우리가 과연 고등학교에 다니는 이유는 뭘까? 애초에 도노고는 왜 이렇게까지 엉망이 된 걸까? 그 질문에 답을 준 사람은 유타로였다.

"옛날에는 우리 학교도 대학 진학률이 꽤 높았다더라. 사실 우리 아빠도 도노고 출신이거든. 그때는 이렇게 형편없는 학교가 아니었대. 뭐 우리도 이 학교를 형편없게 방치한 책임은 있지만."

유타로가 미소를 띠었다.

"우리가 태어나기 전에는 학교를 졸업하기만 하면 정규직으로 고용되었었대."

"응, 나도 그거 알아. 책에서 읽은 적 있어. 그 당시 대다수는 중산층에 속한다고 생각했었다지."

"그런데 어느새 부자와 가난한 사람으로 나뉘더니 마을 전체가 낙오자가 돼 버린 거야. 예전에 산림업으로 번창했다가 자동차 공장이나 부품 공장 같은 것이 생기면서 그럭저럭 활기를 띤 적도 있었다는데."

"그러게."

"우리가 태어나던 해 공장이 연달아 망하는 바람에 많은 사람이 마을을 떠났나 봐. 그때 도시로 나간 일부 똑똑한 사람들은 나름 성공했고, 결국 이곳에 남은 건 보잘것없는 사람들이라고 이삐가 그러더라. 그렇게 따지면 우리 아빠도 그 보잘것없는 무리에 속하겠지만…… 아들 수준 보면 알잖아."

"응."

내가 별생각 없이 답했더니 유타로가 꿀밤을 때리는 시늉을 했다.

"우리 학교가 망가지기 시작한 건 아마도 그 무렵이 아닐까? 낙오자의 자식들만 남게 되었으니까."

"낙오자에서 올라갈 수는 없는 걸까?"

"어차피 이 마을에서는 무리일 거야. 그렇다고 옛날처럼 도시로 나가면 기회가 있지 않을까 하는 생각은 하지 마. 요즘은 시골보다 도시가 더 살기 힘들거든. 내가 아는 선배 중 몇몇이 도쿄에 갔지만 한 사람도 성공하지 못했어. 거의 비정규직이거나 이상한 상품을 강매하는 일을 하며 지내고 있지. 지난번에는 선배 한 명이 나한테 오리털 이불을 구매해 달라고 울며 사정하더라고. 슬로바키아산 최고급 화이트 덕다운 제품이라는데, 3종 세트가 무려 20만 엔인 거 있지? 물론 정중하게 거절했어. 도시는 물가가 비싸고 집값도 만만치 않은데 그냥 시골로 돌아오면 좋잖아. 어차피 낙오자의 자식들은 어떻게 해도 낙오자일 텐데 말이야. 사회 구조가 그렇게 될 수밖에 없거든."

유타로의 말을 이해 못 하는 건 아니지만, 왠지 착잡한 기분이 들었다.

"그래도 사람들은 여전히 도시로 가고 여기는 점점 더 텅 비어 가는 게 현실이야. 산업이 번창하지 못하니 사람들은 더욱 빈곤해지고, 돈이 없어서 학원에도 못 다니니 우리는 뒤처지잖아. 자식들도 마찬가지고……. 이게 악순환이란 거겠지?"

문득 나는 혹시 아빠가 도쿄에 돈을 벌러 간 건가 생각했다. 만약 그렇다면 취직한 뒤 우리한테 연락해 올지도 몰랐다. 그때까지 모녀 세 명이 어떻게든 이 상황을 견뎌 내야 했다.

"참, 아쓰미도 아르바이트 찾고 있다며? 아저씨가 재취업하시는 게 힘든 상황인 거야?"

나는 아빠가 사라진 일에 대해 솔직하게 털어놓았다. 언젠가 일자리를 찾으면 가족들한테 연락해 올 거라고 말하기도 했다.

유타로의 표정이 어두워졌다.

"아저씨가 빨리 일자리를 찾으셨으면 좋겠다. 그러면 분명 아쓰미한테 연락할 거야. 갑자기 집을 나가서 미안하다, 하시면서."

유타로의 이야기를 듣다 보니 새삼 그런 일은 일어나지 않을 거라는 생각이 들었다. 아빠는 자신의 아내와 두 딸에 대한 부담감을 이기지 못하고 자유로워지기 위해 혼자 집을 나간 게 분명하다.

"그때까지 열심히 살아야지. 아줌마도 일자리 찾고 계시지?"

지금 엄마의 상태로는 일자리를 찾는 건 무리였다.

"저기, 아까 했던 말 있잖아. 아무래도 잘못 말한 것 같아."

유타로가 내 얼굴을 지긋이 바라보는 바람에 나는 엉겁결에 눈을 내리깔았다.

"낙오자는 죽을 때까지 낙오자에서 빠져나갈 수 없다고 말했지만, 아쓰미 너는 왠지 이 절망적인 상태에서 벗어날 수 있을 것 같아."

"왜 나만? 유타로도 벗어날 수 있는 것 아니야?"

"아니. 난 언제까지나 이대로일 거야. 내가 가장 잘 알거든. 하지만 너는 달라. 쓰레기통에 핀 한 송이 장미꽃 같다고나 할까? 어릴 때부터 쭉 그렇게 생각했어."

유타로의 표현이 너무 웃겨서 나도 모르게 웃음을 터뜨리고 말았다.

"나는 바보인 데다 돈도 없어서 지금 당장 너를 도와줄 수 없는 게 속상해. 하지만 언젠간 반드시 힘이 되어 줄게. 그만큼 너를 소중하게 생각하고 있거든."

"유타로, 왜 그래. 혹시 고백하는 거야?"

"농담하는 거 아니야. 아저씨 사라지셨다며? 그래서 격려해 주고 있는 거잖아."

유타로가 장난스럽게 말했다.

4

얼마 지나지 않아 엄마는 일자리를 구했다. 집에서는 매일 아무런 의욕도 없이 한숨만 쉬던 엄마였기에 그런 용기가 남아 있었나 싶은 마음이 들면서 솔직히 놀랐다. 이어서 "예전에 함께 일했던 사람이 소개해 준 곳인데. 경리 일을 맡아 줄 사원을 찾고 있었대"라며 동생이 알려 줬다. 엄마는 상업 고등학교를 나와 아빠랑 결혼하기 전까지 수년간 동네 저축 은행에서 근무했었다. 그때까지도 아르바이트 자리를 구하지 못하고 있던 나는 일단 다음 달 집세랑 전기세는 낼 수 있겠다는 생각에 안도했다.

그런데 출근 전날 밤 엄마는 평소보다 더 어두운 표정으로 몸 상태가 안 좋다며 호소했다.

"목 부분에 멍울이 잡히는 것 같아. 그래서인지 어깨도 너무 결리고. 역시 당장 일하는 건 무리인 것 같아."

"괜찮아, 엄마."

유미가 엄마 뒤로 가서 양어깨를 움켜잡았다.

"건강 검진에서는 딱히 문제없었잖아. 그러니까 힘내."

유미는 엄마의 어깨를 주무르면서 다정하게 속삭였다. 동생은 애정 표현이 풍부하다. 하지만 나한테는 그런 재능이 없다.

"유미, 격려해 줘서 고마워."

엄마가 유미를 바라보며 미소 지었다.

"엄마가 고생이 많았구나, 어깨가 뭉쳐 있네. 아빠는 고함만 치다가 집까지 나가고 너무해. 난 무조건 엄마 편이야."

엄마는 눈동자가 촉촉해지더니 유미의 손등에 볼을 비볐다.

"미안해, 유미. 엄마가 정신 바짝 차려야겠지? 어린 너한테까지 걱정 끼쳐서는 안 되니까."

서로를 마주 보고 있는 모녀의 옆얼굴은 쏙 빼닮아 있었다.

다음 날 엄마는 젊었을 때 입던 정장 바지 차림으로 "그럼 갔다 올게" 하며 씩씩하게 집을 나섰다.

"다녀오세요."

나는 동생과 현관에서 엄마를 배웅했다. 문이 닫히자마자 생글생글 웃고 있던 유미의 얼굴이 찌그러졌다.

"엄마가 다시 기운 차려서 다행이야."

내 말에 유미는 "일해야지. 안 그러면 곤란하잖아" 하고 작은 목소리로 말했다.

"앞으로 점점 더워질 텐데, 이런 날씨에 노숙자가 되고 싶지는 않아. 동아리 활동을 마치고 모두 아이스크림 사 먹는데 나만 못 먹는 것도 견딜 수 없어. 친구들이 '유미, 넌 왜 아이스크림 안 먹어?' 하고 물을 때마다 다이어트 중이라는 변명도 이제는 지긋지긋하다니까."

유미의 속마음을 듣고 있자니, 이 아이가 점점 안쓰럽게 느껴졌다.

"용돈 못 받은 지도 벌써 몇 달이나 지났잖아. 주말에 친구가 놀자는 연락도 바쁘다고 거절하고 있어. 지하철 탈 돈도 없거든. 이대로라면 친구들이랑 멀어질 거야. 제발 자식들이 창피당하지 않게 해 줬으면 좋겠어."

유미가 하염없이 울기 시작했다. 다행히 엄마가 일을 시작하긴 했지만, 계약직 사원이라서 그 수입만으로 모녀 세 명이 생활하기는 힘들 것이다. 나는 유미를 위해서라도 어떻게든 빨리 아르바이트를 구해야겠다고 결심했다.

하지만 그 후로도 면접조차 볼 수 없는 상황이 계속 이어졌다. 그래도 나는 다시 각오를 다지고 역 앞 서점에 가서 구인 광고 잡지를 들여다봤는데 누군가 내 옆얼굴을 빤히 쳐다보는 게 느껴졌다. 고개를 돌려 보니 브이넥 티셔츠를 입은 남학생이 당황한 듯 급히 눈길을 돌리는 게 보였다. 좋은 환경에서 자란 도련님 같은 느낌으로 어딘가 낯이 익었다. 나는 곧 그 남학생이 일주일 전 유타로 무리에게서 돈을 갈취당하고 있던 사립고교 학생 중 한 명이란 걸 깨달았다. 옆 골목에 서 있던 나를 슬쩍 쳐다보고 도망쳤던 남학생이 틀림없었다. 그 남학생은 나를 향해 "아르바이트?" 하고 물었다. 나는 잡지에서 눈을 떼지 않은 채 가볍게 고개를 끄덕였다.

"제품 리뷰 아르바이트가 꽤 괜찮다고 하던데."

내가 고개를 들자, 남학생은 눈을 피하지 않고 나를 바라봤다. 그 애는 꽤 선명하고 멋진 쌍꺼풀을 가지고 있었다.

"컴퓨터 같은 제품을 평가하는 거야. 타사와 비교했을 때 제품과의 편리함, 디자인 등 후기를 작성하는 작업이지."

"그런 일을 고등학생한테 맡길 리가 없잖아."

"아냐. 내 사촌 형도 고등학생인데 그 일을 하고 있는걸. 돈 받고 제품에 대해 불평할 수 있는 최고의 아르바이트라면서."

"하지만 우리 학교 학생한테는 절대 맡기지 않을 거야."

"도노고 맞지?"

나는 고개를 끄덕였다.

"지난번에는 고마웠어. 그 녀석들한테 한마디 해 준 거 맞지? 저기 혹시……."

"아쓰미야. 시키시마 아쓰미. 도노고 2학년."

"나는 안도 준이야. 메이오고 2학년. 그날 서로 치고받기 직전에 말려 줘서 다행이었어. 고마워."

"천만에."

예의 바르게 인사해서 호감은 올라갔지만, 서로 치고받는다는 말에는 솔직히 공감할 수 없었다. 몸싸움이 일어날 상황은 아니었을 터였다. 안도 준과 그 친구는 분명히 유타로 무리의 기세에 눌려 겁에 질려 있었기 때문이다.

"우리 학교 남학생들이 도련님이라고 불리는 건 알지만, 우리도 할 때는 한다고."

내 생각을 읽기라도 한 듯 안도 준은 눈썹을 추켜세웠다. 나는 그의 가냘픈 어깨를 보면서 고개를 끄덕였다. 순간 중학교 3학년 때 메이오고 정도는 여유 있게 합격할 수 있다던 선생님의 말씀이 떠올라 씁쓸했다.

"그 책 사려고?"

안도 준의 겨드랑이에 껴 있던 단행본이 눈에 들어왔다. 내가 좋아하는 연애 소설이었다.

"그냥 어떤 내용인가 싶어서."

안도 준은 책을 등 뒤로 감추려고 했다.

"나도 그 책 읽어 봤는데 아주 재밌어."

"뭐, 가끔은 이런 책을 읽어 보는 것도 괜찮겠다 싶었을 뿐이야. 나 약속 있어서 가 봐야겠다. 그럼 또 보자."

안도 준이 허둥지둥 계산대로 향했다. 자기가 먼저 말 걸어 놓고 도망치듯 가다니. 안도 준의 뒷모습은 고생이라고는 전혀 해 본 적 없는 아이처럼 등줄기가 쫙 펴져 있었다.

5

엄마는 일터로 나간 지 며칠 만에 다시 우울증 조짐이 보이기 시작했다.

"일을 관둔 지 오래돼서 너무 힘들어. 좀처럼 익숙해지지 않더라고."

엄마는 나에게 직장 관련 푸념을 쏟아 냈다.

"상사가 20대 여성인데 왠지 나를 달가워하지 않는 거 같아. 나는 이미 마흔이 넘었으니까. 자기 엄마 또래의 부하 직원에게 하나하나 일을 가르치려니 엄청 귀찮을 거야. 더군다나 너무 오랫동안 전업주부로만 살아서 머리 회전도 빠르지 않으니까."

"그렇지 않아. 엄마는 아직 젊고 열심히 할 수 있는 나이야."

"아냐, 나도 완전 아줌마야. 다행히 지인 소개로 일하게 됐지만, 그렇지 않았다면 나 같은 아줌마는 아무도 고용하지 않았을 거야. 회사 입장에서도 젊은 애들이 낫겠지. 고등학생도 환영할걸. 빨리 익히고 기계도 잘 다루니까. 나도 고등학교 때 배웠거든. 물론 내가 이상적인 엄마가 아니라는 건 잘 알아. 너희들을 고생시키고 있는 것도 알고. 하지만 유미는 그렇다 치고 아쓰미 너는 이제 고등학생이잖아……. 엄마도 아빠가 갑자기 집을 나가 버리는 바람에 모든 짐을 혼자 다 짊어졌으니 어떻게 해야 할지 모르겠어……."

엄마는 결코 대놓고 말하고 있진 않지만, 내가 돈을 벌어 오길 기대하는 게 분명했다. 물론 나 자신도 아르바이트하겠다고 말했고, 그때 엄마는 당연하다는 듯 고개를 크게 끄덕였었다. 그게 벌써 한 달 전의 일이었다.

"미안해, 엄마. 나두 여기저기 아르바이트 자리를 알아보고는 있는데 연락해 오는 곳이 없어."

"엄마는 지금 너한테 일하라고 강요하는 게 아니야. 고등학생의 본업은 학업이니까, 아르바이트할 시간에 제대로 공부하는 편이 낫다고 생각해. 하지만 아쓰미가 자발적으로 뭔가를 하겠다면 엄마는 굳이 말리지는 않을 거야."

"알고 있어."

사태는 이미 절박했다. 더 이상 어설픈 이력서나 보내고 있을 때가 아니었다.

그러던 중 나는 학교 책상 위에 놓인 낯선 갈색 편지봉투를 발견했다. 봉투에는 만 엔짜리 지폐가 한 장 들어 있었다. 겉면에는 어떤 회사의 로고가 인쇄되어 있고, 보낸 사람이나 받는 사람은 적혀 있지 않았다. 나는 일주일 만에 등교한 유타로에게로 갔다.

"어라? 무슨 일이야?"

"아쓰미도 심심했던 거지. 네가 일주일 동안이나 학교에 안 왔잖아. 우리는 방해되니까 사라질까?"

유타로의 옆에 있던 가와베와 구보타가 시시덕거렸다.

"괜찮아. 우린 밖으로 나갈 거니까. 유타로 따라올 거지?"

"여기서 얘기하면 안 돼? 밖은 자외선이 강하단 말이야."

나는 유타로의 말은 전혀 신경 쓰지 않고 그를 잡아끌었다.

"유타로, 갔다 와. 둘이 비밀 얘기할 거면서."

내가 가와베와 구보타를 째려보자, 둘은 쏜살같이 도망쳤다.

그렇게 나는 유타로를 체육관 건물 뒤쪽으로 데리고 갔다. 그곳은 주로 방과 후에 남학생들이 주먹질하는 장소지만, 오전 10시에는 아무도 없었다. 나는 교복 주머니에서 봉투를 꺼냈다.

"이거 유타로가 놓고 간 거지?"

"뭐? 모르겠는데."

"금방 탄로 날 거짓말은 하지 마."

봉투에 인쇄된 것은 '조이사 Ménage'라는 회사 로고였다. 이를 거꾸로 읽으면 '사이조'가 되는데, 바로 유타로의 성이었다. 초등학교 때 유타로는 자기 숙부가 회사를 설립했다고 자랑했다. 그래서 나는 회사 이름이 사이조를 거꾸로 한 이름이라는 것을 기억하고 있었다.

"역시 아쓰미의 기억력은 대단하네."

"이 돈 뭐야?"

"앗. 혹시 나를 의심의 눈초리로 보는 건가? 난 이제 그런 짓 안 해. 이건 정당한 노동의 대가라고."

유타로는 나흘 동안 숙부의 회사에서 아르바이트했다고 한다.

"나도 그 아르바이트 좀 할 수 없을까?"

유타로는 고개를 크게 저었다.

"안 돼. 여자가 할 만한 일이 아니야. 그렇다고 남녀 차별이라는 소리는 하지 마."

"내가 아르바이트 구하고 있는 거 알지? 난 뭐든지 할 각오가 돼 있어."

유타로는 떨떠름한 표정을 지었다. 그래서 도대체 숙부의 회사에서 어떤 일을 하는 거냐고 묻자, 마지못해 설명했다.

'Ménage'란 프랑스어로 '집 안 청소'라는 뜻인데, 숙부의 회사는 단순한 청소 회사가 아니라 특수한 청소를 맡아서 하는 곳이라고 했다. 특수 청소라는 게 정확히 어떤 일을 하는 것인지 잘 이해되지 않았다.

"예를 들어 쓰레기를 버리지 않고 쌓아 두는 집 같은 곳 있잖아. 쓰레기가 많아서 벽이나 천장이 안 보일 정도로 심각하게 더러운 집 말이야. 그런 곳을 치우는 거야. 체력과 정신력이 없으면 절대 그 일을 할 수 없어. 달걀 썩은 냄새가 온 집 안에 꽉 차 있다니까? 바퀴벌레랑 구더기하고도 싸워야 해."

들고만 있어도 등골이 오싹해졌다.

"그게 다가 아니야. 그런 상태의 집에 살고 있는 사람은 독거노인인 경우가 많아. 그래서 어느 날 갑자기 저세상으로 가 버리기도 해. 무연사, 고독사라고 하는 바로 그거야. 발견됐을 때는 이미 죽은 지 한참 지난 경우가 대부분이야. 원래 쓰레기 때문에 악취가 심했던 집이라서 송장 썩는 냄새를 주변에서 알아채지 못하는 거지. 그렇지만 평소와 조금 다른 냄새를 느낀 이웃 사람들이 이를 이상하게 여겨 그 집을 찾아가면, 역시나 현관문은 잠겨 있고 불러도 답이 없을 수밖에 없지. 그래서 경찰에 연락한 뒤 현관문을 따면, 쓰레기로 가득 찬 집 안 한가운데에 사람이 쓰러져 있고……"

"설마 그런 집을 청소한 거야……?"

유타로가 고개를 끄덕이자 나는 할 말을 잃었다.

"시체를 치우지는 않아. 그건 우리 일이 아니니까. 하지만 거기서 엄청난 냄새가 나……."

나는 눈을 감고 손바닥을 내밀며 유타로에게 그만하라는 표시를 했다.

"얼마 전 숙부한테 연락이 왔어. 일하던 녀석이 도망가 버렸다면서 나한테 울면서 하소연하더라고. 아르바이트비는 잘 쳐줄 테니까 도와줄 수 없냐고 말이야. 나야 어지간한 일에는 눈 하나

깜빡 안 하는 스타일이라서 흔쾌히 받아들이긴 했는데, 막상 청소가 끝나니까 정말이지 밥도 안 넘어가더라."

"그랬었구나."

"우리 아빠는 사고로 손을 다친 후부터 집에서 술만 마시고 있어. 숙부가 아빠한테 사업을 제안했었던 것 같은데, 아빠는 죽어도 고물 장수는 되기 싫다면서 거절했대. 그 일이 고물 장수하고는 다르다는 걸 아빠는 전혀 모르는 거야. 물론 숙련공으로서의 자존심도 있겠지. 아빠는 손이 불편해도 일할 수 있다고 생각하는데, 누구도 고용해 주지 않잖아. 그런 걸 보면 우리 아빠도 참 불쌍한 사람인 것 같아."

유타로의 집도 우리 집과 같거나 그 이상으로 힘들다는 걸 깨달았다.

"유타로, 넌 진짜 대단해. 하지만 이 돈은 받을 수 없어."

유타로는 불만스러운 듯 눈썹을 치켜올렸다.

"너한테 동정을 베푼다든가 잘난 척하려는 건 아니야. 기분 상했다면 사과할게."

"아니야. 유타로의 마음은 충분히 전해졌어. 고마워. 그래도 이건 너를 위해 가지고 있는 게 나을 것 같아. 아르바이트해서 번 돈이니까."

"그럼 빌린다고 생각하면 되잖아. 아쓰미가 아르바이트 구할 때까지."

"그치만……."

"나, 사실은 좀 부끄러웠어. 역 앞에서 너한테 그런 모습을 보여 줬던 것 말이야. 솔직히 중2 때부터 나쁜 짓하고 다녔지만, 그만둬야 한다는 걸 나도 알고 있었어. 그런데 고등학교에 입학하자마자 아빠가 다쳤고, 많은 생각을 하게 됐지. 게다가 돈이 필요했고 버릇이란 게 쉽게 고쳐지지 않더라고. 그 일을 너한테 들킨 날 밤 혹시나 아쓰미가 날 싫어하게 된 건 아닐까 생각했어. 걱정돼서 잠도 안 오더라고. 그래서 결심했어. 이제부터 그런 짓은 그만두고 성실하게 살기로 말이야. 그래서 아쓰미의 신뢰를 되찾을 거야."

"난 늘 유타로를 믿고 있었는걸."

나는 유타로가 나쁜 사람이 아님을 알고 있었다.

"사실 이건 순전히 아쓰미 때문이라기보다는 나와의 약속이기도 해. 난 꼭 변할 거야."

유타로는 쑥스러운 듯 머리를 긁적였다.

"나한테 멋진 모습을 보여 주고 싶었구나."

유타로가 또 꿀밤을 때리는 시늉을 했다.

"속 보이는 행동일지도 모르겠지만, 조금은 멋진 척하게 해 줘. 아쓰미는 완벽해서 너 앞에서는 언제나 기가 죽거든. 이번에는 나도 할 때는 한다는 걸 꼭 보여 주고 싶었어. 그래서 마음먹고 아르바이트도 한 거라고."

"유타로는 진짜 대단해. 그래, 인정할게. 나 같으면 절대 할 수 없는 일이니까."

"그럼 이 돈 받아 주는 거지? 빌리기만 해도 돼."

"알았어."

나는 결국 봉투를 주머니에 넣었다. 유타로는 환한 미소를 지으며 고개를 끄덕였다. 나와 술래잡기하던 어린 시절보다 키는 컸지만, 그 미소와 반짝이던 눈동자는 여전했다.

"나도 빨리 아르바이트 찾아서 돈 바로 갚을게."

"하아, 진짜 귀여운 구석이라고는 요만큼도 없다니까."

나는 또다시 꿀밤을 먹이려는 유타로를 슬쩍 피한 뒤, 교실로 돌아가자고 했다.

교실 안으로 들어서자 가와베와 구보타가 "휘익, 휘익!" 하며 휘파람을 불어 댔다.

"좋겠다, 인기 많네."

"내닛부디 비밀 얘기냐."

유타로가 시끄럽다며 가와베의 얼굴에 어퍼컷을 날리는 척했다. 누가 봐도 친구끼리 장난치는 모양새였지만, 갈수록 신경 쓰이는 가와베와 구보타의 언행을 유타로가 속으로 어떻게 생각하는지 조금 걱정됐다.

6

레스토랑의 구인 광고를 발견한 건 정말이지 우연이었다. 가게 앞에 붙은 광고지에는 '아르바이트생 구합니다. 근무 시간 조율 가능. 레스토랑 티롤'이라고 적혀 있었다. '티롤'은 어릴 때 우리 가족이 주말마다 방문하던 레스토랑이다. 필래프, 카레라이스, 스파게티가 특히 맛있었다.

당시 네 살이었던 동생이 케첩 범벅이 된 손으로 내가 아끼던 새하얀 원피스에 오렌지색 손도장을 남긴 것도 분명 이 가게였다. 가게 주인은 나를 기억하고 있을까? 입 주변에 소스를 잔뜩 묻히며 맨손으로 파스타를 집던 유미와 달리 나는 격식에 맞게 포크를 사용해서 먹었다. 괴성을 지르며 가게 안을 뛰어다니거나 옆 테이블의 물컵을 엎지른 유미를 의자에 앉히고 손님에게 사과

한 것도 부모님이 아닌 나였다. 만약 가게 주인이 그런 나의 모습을 기억하고 있다면 도노고 학생이라 하더라도 나쁘게 보지만은 않을 것이다.

그래도 가게 안으로 들어가는 것은 조금 망설여졌다. 이력서를 지참하지도 사전에 약속을 하지도 않고 불쑥 찾아가도 괜찮은 걸까. 손님이 많아서 바쁘다며 나중에 다시 오라고 돌려보내면 어떻게 하지? 가게 안을 살펴보려 했지만, 입구의 유리문에 김이 진뜩 껴 있어서 잘 보이지 않았다. 역시 이런 식으로 방문하는 건 무리겠지. 전화번호만 적어 놓고 돌아가는 게 나을까. 하지만 실제로 들어가 보지 않는 이상은 모르는 거잖아?

나는 가게의 자동문 버튼을 가볍게 터치했다. 문이 미끄러지듯 열리더니 낯익은 가게 안의 모습이 눈에 들어왔다.

"어서 오세요."

동그란 안경에 콧수염을 기른 점장이 나를 향해 인사했다. 긴 머리를 묶고 있는 모습이 10년 전 그대로였다. 하지만 내 외모는 옛날과 많이 다를 것임이 분명할 터였다.

가게 안을 둘러보니 손님은 한 명도 보이지 않았다. 그때 점장이 놀란 표정으로 내 얼굴을 빤히 들여다봤다.

"혹시 시키시마? 시키시마 씨 댁 딸내미 맞지?"

"아, 맞습니다."

우리 가족이 단골이었지만, 이름까지 기억하고 있을 줄은 생각도 못 했다.

"그렇지? 많이 컸네. 말괄량이 동생이랑 단정하고 야무졌던 언니를 아직도 기억하고 있지. 언니지? 금방 알아봤다니까."

점장이 오랜만에 그리운 옛 친구라도 맞닥뜨린 것처럼 얼굴 가득 미소를 지었다.

"저기, 밖에 붙은 구인 광고를 봤는데요. 홀 직원이란 건 구체적으로 어떤 일을 하는 건가요?"

"아르바이트 자리 찾고 있구나. 올해 몇 살이지?"

점장은 나를 위아래로 훑어보았다.

"고2인데요."

"그럼 열일곱 살인가? 어른스러워 보이네. 스무 살이라고 해도 믿겠다. 어느 고등학교?"

나는 눈을 내리깔며 도노고, 라고 작은 목소리로 답했다.

"그래? 레스토랑에서 아르바이트해 본 경험은 있고?"

점장은 조금 전 나를 반갑게 바라보던 미소를 거두고, 마치 면접장 심사위원과도 같은 표정으로 거침없이 질문했다.

"없어요. 아르바이트는 태어나서 처음이에요."

"그렇구나."

점장은 내 옆에 서서 나를 바라보다가 천천히 뒤돌았다.

"처음이지만 열심히 배우겠습니다."

"왜 우리 가게를 고른 거지?"

"그건……."

길을 지나가다가 우연히 광고를 봤다고 말할 수는 없었다.

"옛날에 가족끼리 자주 왔었던 기억이 떠올라서요. 필래프랑 스파게티가 정말 맛있었거든요. 처음 하는 아르바이트인데 낯선 곳보다는 친숙한 이곳에서 하고 싶었습니다."

"살짝 웃는 모습을 보여 줄 수 있을까?"

갑작스러운 부탁에 조금 당황했지만, 나는 가볍게 미소를 지어 보였다. 입언저리에서 경련이 일어나는 것이 느껴졌다.

"그런 미소로는 안 돼. 하지만 처음에는 다들 그러긴 하지. 사흘만 지나면 익숙해질 거야. 자세가 바르네. 일을 하는 데 있어서 자세는 참 중요하거든. 잠깐 걸어 볼래?"

나는 점장이 하라는 대로 네 발짝 정도 걸었다.

"나쁘지 않네. 쟁반을 든 채 허리를 꼿꼿하게 세우고 자신감 있게 걸으면 커피가 아주 맛있어지거든. 근데 꾸부정하게 새우등을 하고 다리를 질질 끌면서 가져다준 커피는 향이 다 날아가 버리지. 거짓말 아니야."

점장은 활짝 웃었고, 나도 덩달아서 미소를 지었다.

"그래, 바로 그 미소야. 그 미소라면 95점."

"그럼 여기서 일할 수 있나요?"

"그러려고 여기 온 거 아니었나?"

도노고인데 괜찮나요? 라는 말을 마음속으로 물었다. 점장은 언제든 일을 시작해도 되니까 꼭 와 달라며 손을 내밀었다. 나는 점장에게 몇 번이나 머리를 숙여 감사를 표했다. 이것으로 가족들이 조금이나마 경제적으로 여유 있는 생활을 할 수 있을 것 같았다. 엄마랑 유미도 기뻐하겠지.

 그러나 집에 도착하자마자 나의 기분은 한순간에 가라앉고 말았다. 직장에 있어야 할 엄마가 곤혹스러운 표정으로 방에 앉아 있었고, 유미는 방구석에 틀어박혀 흐느껴 울고 있었다. 엄마는 나를 올려다보며 "아까부터 계속 저러고 있단다" 하고 작은 목소리로 말했다. 나는 엄마에게 왜 이 시간에 집에 있냐고 물었더니, 몸이 아파서 조퇴했다는 답이 돌아왔다.
 "집에서 잠깐 쉬었다가 병원에 가려고 했는데, 도착해 보니 유미가 벌써 와 있는 거야. 그런데 계속 저렇게 울고 있는 게 아니겠니? 무슨 일이냐고 물어봐도 아무 말도 하지 않아. 아쓰미가 와서 다행이다. 엄마는 병원 좀 다녀올게."
 동생도 그렇지만 엄마 상태도 걱정되기는 마찬가지였다.
 "열이 조금 있는 것 같아. 별일 아니겠지만, 혹시 모르니 빨리 치료해 두고 싶어서. 역시 익숙하지 않은 일을 하다 보니 스트레스가 쌓였나 봐."
 엄마는 천천히 일어섰다.
 "엄마, 나 아르바이트 구했어."
 "그래? 잘됐네."
 나를 쳐다보는 엄마의 눈 밑에는 진한 다크서클이 있었다.
 "그럼 갔다 올게. 그리고 유미 좀 어떻게 해 봐. 계속 저렇게 울고 있으면 나까지 기분이 우울해지니까."

엄마의 말끝으로 현관문이 닫혔다.

나는 홀로 남겨진 유미가 있는 안쪽 방문을 가볍게 노크했다.

"유미. 언니야. 어디 아픈 데라도 있는 거니?"

"들어오지 마."

그 말에 아랑곳하지 않고 문을 열었더니, "들어오지 말라고!" 하는 날카로운 목소리가 날아들었다.

"알았어. 가방 놓고 옷 갈아입으면 바로 나갈게."

안쪽 방은 나와 동생이 함께 사용하는 공간이었다. 나는 교복을 벗고 회색 맨투맨 티를 입었다. 책상 위에 푹 엎드려 있던 유미가 내 움직임을 살피고 있는 게 느껴졌다.

"학교라는 건 참 성가신 곳이야. 그렇지?"

나는 머리를 뒤로 묶으며 은근슬쩍 말을 걸어 보았다.

"그게 무슨 소리야?"

"혼잣말이야."

유미가 나를 똑바로 바라보았다. 마치 나를 붙잡는 듯한 눈빛이었다.

"내가 학교에서 무슨 일이 있었다고 생각하는 거지?"

"혹시 무슨 일 있었던 거야?"

"아니."

"왜 그렇게 우울해하고 있어?"

"뭐가? 나 우울하지 않아."

"그렇게 보이는데."

"어차피 말해도 언니가 알아줄 리 없어."

"알아줄지 어떨지는 말 안 해 주면 모르지."

나는 내 책상으로 가서 앉았다. 초등학교 1학년 때 산 책상은 이제 고2가 된 내 몸에 꽉 끼였다.

"언니는 그런 고물 책상에서 몸을 웅크리고 공부해도 늘 좋은 성적을 받아 오는 사람이지. 하지만 나 같은 건 절대 무리야. 방에 있는 것만으로도 공부하고 싶은 생각이 싹 사라지거든."

"무슨 일 있어? 하지만 네가 말하고 싶지 않다면 굳이 하지 않아도 돼. 나도 중학교 때부터 줄곧 반 친구들한테서 소외당해서 학교가 성가신 곳이란 건 잘 아니까."

동생이 흥, 하고 코웃음을 쳤다.

"언니랑 중3 때 같은 반이었던 다치바나 알지?"

그런 이름의 여학생이 있었던 건 어렴풋이 기억났다.

"나, 그 다치바나의 여동생이랑 같은 반이거든. 근데 걔가 그러더라고. 아쓰미 언니는 대단한 사람이라고."

"대단한 사람?"

"걔 언니가 말해 줬나 봐. 성적은 학년에서도 최고인 데다 운동 신경도 좋아서 왠지 가까이 다가가기 힘든 분위기가 있었다고. 또 쉬는 시간에는 어려워 보이는 책을 읽고, 방과 후에는 곧장 집으로 돌아갔다나."

"어려운 책이 아니라 연애 소설이었는데. 그리고 곧장 집으로 간 건 나한테 어디 같이 가자고 하는 친구가 없어서였어."

"다치바나 언니는 자기들 그룹에 언니를 넣고 싶어 했대. 그래서 두세 번 언니한테 말을 걸어 봤는데 반응이 시큰둥해서, 역시 자기들은 상대도 해 주지 않는구나 싶어 포기했다더라고."

나에게는 없는 기억이 유미의 입을 통해 나오는 걸 듣고 조금 놀랐다. "정말?" 하고 묻자 유미는 "그니까 언니가 친구를 못 사귀는 거야" 하며 질책했다.

"내 생각에는 언니한테 관심 있어 하는 사람이 많은 것 같아. 근데 언니는 누구한테도 관심을 보이지 않으니까 그 모든 게 허사가 되는 거야. 자기만의 세계에 틀어박혀서 만족하고 있으면 친구 같은 건 생길 수 없다고."

나만의 세계에 갇혀 있다는 자각은 없었다. 굳이 말하자면 나는 그저 다른 아이들과 사고방식이 다른 것뿐이라고 생각했다. 예를 들어, 애들이 무언가에 과장된 반응을 보이거나 전혀 재미있지 않은 것에도 깔깔거리며 웃는 행동을 나는 도저히 따라 할 수 없었다.

"사회생활을 하다 보면 누구나 주변 사람들에게 어느 정도는 맞춰 가야 하는 거잖아. 그게 예의라는 거 아닌가? 진부한 표현이지만, 나 같은 중학생도 다른 사람에 대한 예의 정도는 잘 알고 있어. 근데 언니한테는 그런 게 전혀 없거든. 늘 자기 스타일만 고집하는 태도는 보통 절대 용납되지 않는 법인데. 이상하게도 언니만큼은 주변에서도 용납해 준단 말이야. 왜냐하면 언니는 다른 학생들보다 공부랑 운동도 잘하고 외모도 괜찮으니까.

그렇지만 정작 언니는 신이 내린 그런 이점들을 조금도 자각하고 있지 않아. 그래서 나는 화가 나. 이렇게 잘난 언니가 내 고민 따위 이해할 리 없잖아."

나는 아무 말 없이 동생의 얼굴을 바라보았다. 유미가 무슨 말을 해도 다 들어 주겠다는 의지를 보이는 것 외에 내가 할 수 있는 건 없었다. 이내 동생은 나한테서 눈을 돌렸다. 그러고는 무겁게 입을 열었다.

"나…… 토스를 잘 못하겠어."

유미는 원래 운동 신경이 좋은 편이 아니다. 그래서 이를 극복하기 위해 중학생이 된 후 배구부에 입단했다. 하지만 유미는 여전히 2학년 학생들 가운데 배구 실력이 가장 형편없다는 소리를 듣는다고 한다.

"나 때문에 시합에서 졌어. 한 번도 정확한 토스를 못 올렸고, 리시브도 엉망이었거든……."

다른 중학교와의 경기에서 유미가 이런 식으로 팀의 발목을 잡는 바람에 패배했고, 결국 팀원들한테 불려 가서 심한 말을 들었다는 것이었다.

"팀원들은 내가 시합을 진지하게 생각하지 않고 금방 포기했다며 화를 내더라고. 팀을 위하지 않는 이기적인 선수라는 거 있지? 정말 너무하지 않아? 난 매일 착실하게 연습하고 있지만 몸이 안 따라 주는 걸 어떡해. 그래도 포기하지 않고 열심히 노력하고 있고, 내 실력이 부족하니까 피해 안 가도록 신경 쓰고 있단 말이야. 나야말로 팀을 가장 위하는 사람이라고. 팀원들이 하는 말은 엉터리야……."

팀원들은 이걸로도 모자라 유미의 생활 태도까지 비난했다고 한다. 동아리 활동을 마치고 함께 카페를 가자 거나 주말에 놀자 는 제안을 거절했다는 게 그 이유였다.

"나보고 팀의 결속을 중요하게 생각하지 않아서 그런 거래. 하 지만 난 전혀 그렇지 않은걸. 그냥 용돈이 없었을 뿐이니까. 물론 그 사실은 말 못 해. 배구부 팀원 중에는 부잣집 아이들도 꽤 많 거든. 그래도 여기까지는 어찌어찌 견딜 수 있었어……. 근데 오 늘은 정말로 심한 소리를 들었단 말이야."

유미는 팀원들이 자기에게서 냄새가 난다며 말했다고 울먹였 다. 게다가 뚱뚱한 탓에 땀이 많이 나서 냄새가 심하니까 살을 빼라고 강요당했다는 것이다.

"엄마가 체육복을 잘 안 빨아 주니까."

유미의 눈동자가 또다시 촉촉해졌다.

"다른 애들은 매일 체육복을 세탁하고, 여벌 옷도 챙겨 와서 갈아입거든. 나만 맨날 너덜너덜한 체육복이야."

"지금은 엄마가 힘드니까 언니가 세탁해 줄게. 그렇지만 나도 아르바이트를 시작하면 바빠질 테니까, 유미가 세탁물을 걷어 주면 고마울 것 같아."

유미는 코를 훌쩍거리면서 고개를 좌우로 흔들었다.

"운동하고 있는데도 살이 찌는 건 제대로 하고 있지 않다는 증

거래. 하지만 난 뚱뚱하지 않은걸. 키도 컸고 말이야. 성장기 때 몸이 커지는 건 당연한 거잖아. 그리고 엄마가 새 체육복을 안 사주니까 바지가 너무 작아져서 엉덩이 부분이 찢어질 것 같단 말이야. 내가 유난히 살쪄 보이는 것도, 시합 중에 민첩하게 움직일 수 없는 것도 다 그런 이유인 것 같아. 나 동아리 그만둘지도 몰라."

"그렇지만 배구 좋아하잖아?"

유미는 잠시 생각한 뒤 고개를 끄덕였다.

"그러니까 조금 더 해 봐."

"싫어."

"정말? 팀을 가장 위하고 있는 건 유미 자신이라고 아까 말했잖아. 분하지 않니? 여기서 도망치면 팀원들이 한 말을 모두 인정하는 셈인데."

"그럼 나 체육복 사 줘. 한 벌 말고 여벌까지."

나는 재빨리 머릿속으로 돈 계산을 해 보았다.

"아르바이트비가 들어올 때까지 기다려 줄 순 없을까?"

유미가 눈을 치켜떴다.

"대체 언제를 말하는 건데? 설마 한 달 뒤라는 건 아니겠지? 그땐 너무 늦어. 저런 낡고 작은 체육복 따위나 입고 다녀서 온 갖 소리를 다 들었는데, 그리고 덧붙이자면 교복도 슬슬 한계가 오고 있어. 배 주변이 꽉 조이고 재킷 소매는 너무 짧아졌단 말이야."

"알았어. 교복도 어떻게 해 볼게."

유미가 창피를 당했을 걸 생각하니 빨리 몸에 맞는 옷을 사 줘야겠다고 생각했다. 우선 체육복 한 벌 정도라면 지금 내가 가지고 있는 돈으로도 살 수 있었다.

유미는 겨우 안정을 되찾은 듯 방에서 나와 텔레비전을 보기 시작했다. 나는 저녁 반찬거리를 사러 나가야 했다. 앞으로는 동생을 위해 건강식 위주의 요리를 해야겠다고 생각했다.

7

"뭐? 레스토랑에서 아르바이트한다고? 잘됐네. 사실 난 아쓰미한테는 과외 같은 일이 잘 어울린다고 생각했는데."

오랜만에 만난 유타로에게 일자리를 구했다고 말하자 이런 반응이 돌아왔다. 유타로는 여전히 숙부 회사에서 소중한 일꾼 취급을 받는 듯했다.

"도노고 학생한테 과외 같은 걸 맡길 리 없잖아."

"그래도 넌 예외야. 쓰레기통에 피어난 장미꽃이니까."

낙서와 먼지투성이인 교실은 쓰레기통이라고 표현할 만하지만, 나는 단 한 번도 장미꽃이라고 생각해 본 적 없었다.

"그래서 어때? 아르바이트는 힘들어?"

"아니, 전혀."

레스토랑 '티롤'은 테이블이 네 개밖에 없는 자그마한 가게다. 나는 거기에서 평일은 방과 후 세 시간씩 주 4회, 일요일은 풀타임으로 여덟 시간을 홀 직원으로 일하게 되었다. 처음에는 요령이 없어서 조급하게 행동했지만, 사흘째 되던 날부터는 완전히 적응했다. 손님을 꼼꼼하게 잘 살피면서 일하다 보니 크게 힘들지 않았고, 점장도 처음치고는 상당히 잘한다고 칭찬해 주었다.

"당연하지. 아쓰미는 뭐든지 잘하니까."

"그렇지 않아. 나는 유타로가 하는 일은 절대로 할 수 없으니까. 정말 대단하다고 생각해."

"어휴, 겨우 그런 잡일 좀 한다고 칭찬받는 건 그렇긴 한데."

유타로는 쑥스러운 듯 스트레칭을 했다.

"참, 너 학교는 그만둘 거야?"

지금까지 유타로의 출석 일수로는 3학년 진급은 위태로웠다.

"응? 지금은 잘 모르겠지만, 아무래도 그만둬야겠지. 난 공부를 그다지 좋아하지도 않고, 또 이 학교는 공부할 분위기가 아니잖아. 게다가 돈도 벌어야 하고. 동생들은 한창 자랄 나이라서 옷 같은 것도 금방 다시 사야 하더라고."

"우리 집도 그래."

"아, 유미 말이구나. 그 꼬맹이는 잘 지내냐?"

"응, 잘 지내."

"유미가 그렇게 자기 멋대로 어리광 부릴 수 있는 것도 아쓰미 같은 다정한 언니가 있기 때문이겠지."

"또 너희 둘이냐? 학교에서 그렇게 대놓고 티 내지 마라."

우리를 향해 놀리는 목소리가 들려서 뒤돌아보았다. 가와베와 구보타가 히쭉거리며 다가오고 있었다.

"시끄러워. 티 낸 적 없어."

유타로의 말투는 평소보다 약간 거칠었다.

"그래? 유타로 너 요즘 들어 우리한테 차갑게 굴더니만, 혹시 우리가 싫어진 거냐?"

두 사람이 유타로 바로 앞까지 다가왔기에, 나는 "그럼 또 봐" 하고 자리를 떴다.

"유타로, 너 생까지 마라."

"내가 언제?"

"그래? 그럼, 우리랑 재밌게 놀자."

나는 자리로 돌아왔지만, 그들의 대화는 내 귀에까지 들렸다.

"내가 돈이 필요해서 그러는데 같이 좀 가 줘. 넌 덩치가 커서 도움이 된단 말이야."

구보타는 유타로를 설득하고 있었다. 다른 학교 학생들을 상대로 협박이라도 할 생각인 걸까? 하지만 유타로는 "난 아르바이트하느라 바빠"라며 상대해 주지 않았다.

"돈줄 한 명만 잡으면 되는데. 그러면 적어도 반년은 여유롭게 돈을 뜯어낼 수 있다고. 메이오고에는 부자가 많으니까."

"관심 없어."

"유타로, 너 갑자기 왜 그러는 거야?"

순간 가와베가 나에게로 힐끗 시선을 돌렸다.

"시끄러워. 아무튼 난 바쁘다고."

유타로는 자기 자리로 돌아간 뒤 하교할 준비를 했다.

"기다려, 유타로. 우리도 같이 가."

유타로는 나를 바라보며 눈짓한 뒤 코를 찡긋했다. 그러고는 다시 가와베와 구보타를 향해 "맘대로 해"라고 내뱉고는 교실 문 쪽으로 성큼성큼 걸어갔다.

"그럼 이런 건 어때? 저쪽 공터에 건설 현장 있잖아……."

나는 세 명이 교실 밖으로 사라지는 걸 확인한 후 가방을 들고 일어섰다.

오늘은 아르바이트가 없는 수요일이다. 오랜만에 여유로운 시간을 보내고 싶었다. 아르바이트가 있는 날은 일이 끝나면 곧바로 상가에서 저녁 재료를 산 뒤 집에 가서 저녁밥을 했다. 그렇게 해도 7시쯤 밥을 먹을 수 있기 때문에 먹보인 유미는 늘 구시렁거리며 불평하고는 했다. 엄마의 우울 증세는 서서히 나아지고 있었지만, 일이 바쁜 듯 늘 7시가 넘어서야 집으로 돌아왔다. 그러고는 내가 차려 둔 밥을 깨작깨작 먹은 뒤 바로 잠들었다. 여전히 집안일에는 조금도 신경 쓰지 않았지만, 딱히 기대하지도 않아서 문제 될 건 없었다. 다행히 집이 좁아서 청소하기는 수월했다. 빨랫감 걷는 거랑 식사 후 뒷정리 정도는 유미가 도왔다. 그럼에도 나는 수요일 방과 후와 토요일만이 유일하게 마음 편히 보낼 수 있는 귀중한 시간이었다. 마침 관심 있는 작가의 신간이 출판된 터라 일단 역 앞의 서점에 가기로 했다. 그런 다음 백화점에서 여름옷을 살펴보고 지하 식품 매장에서 저녁 반찬거리를 살 생각이었다.

서점에 도착해 보니 신간 코너에 내가 원하는 책이 잘 보이도록 진열되어 있었다. 나는 책을 집어 페이지를 팔랑팔랑 넘겼다. 그때 등 뒤에서 "오랜만이네" 하는 소리가 들렸다. 뒤돌아보니 전에 봤던 메이오고의 안도 준이 서 있었다.

"한동안 안 보여서 이제 서점 다니는 거 그만뒀나 했지."

안도는 눈썹을 찌푸리며 비난 섞인 말투로 말했다.

"좀 바빴어."

"뭐 때문에?"

"아르바이트 시작했거든."

"일 구했구나. 잘됐네. 어떤 거 하는데?"

"식당 일."

"패밀리 레스토랑?"

"응. 이 근처에 있는 '티롤'이라는 작은 레스토랑이야."

"혹시 시간 있으면 잠깐 얘기하지 않을래? 목이 좀 말라서."

잠시 고민했다. 하지만 마침 나도 목이 말랐던 상황이라 고개를 끄덕였다.

우리는 서점 맞은편에 있는 패스트푸드점으로 들어갔다. 나는 아이스티, 안도는 콜라를 주문했다. 그런 다음 마주 보고 앉아서 각자가 주문한 음료를 마시기 시작했다. 문득 고개를 들어 건너편 테이블을 바라보니 다른 학교 교복을 입은 학생은 물론 나와 같은 도노고 학생도 모여 있는 게 보였다. 왠지 이곳은 방과 후 고등학생들이 모이는 아지트인 것 같았다.

막상 테이블에 앉자 안도는 말이 없었다. 어색한 분위기가 계속됐다. 나는 애초에 무슨 이야기를 하려고 여기로 온 걸까, 하고 생각했다.

"저기……."

나는 그만 가 봐야겠다는 말을 꺼내려 했다.

"아쓰미는 남친 있어?"

안도는 결심한 듯한 눈동자로 나를 보고 있었다. 나는 자리에서 일어서려다가 다시 앉았다.

"있이?"

"왜 그런 걸 묻는 거야?"

"아무려면 어때? 있으면 있다고 당당하게 밝히면 되잖아."

"없어."

잔뜩 경직돼 있던 안도의 표정이 일순간 누그러졌다.

"나하고 사귀는 건 어때?"

"뭐?"

"아니, 나하고 사귀어 줘. 부탁해."

안도는 이렇게 말한 뒤 테이블 위에 머리를 박았다.

나는 주변을 의식하면서 "그만해"라고 말했다. 다시 고개를 든 안도는 물에 빠진 강아지 같은 표정을 하고 있어서 왠지 안쓰러워 보였다.

"너무 갑작스럽게 고백해서 미안해. 그렇지만 나 절대 가벼운 놈 아니고, 아쓰미에 대한 마음도 진심이야."

전혀 예상하지 못했던 전개다. 나는 미안하다는 말 한마디만 남기고 그 자리를 뜰 수도 있었다. 그러나 구원 요청하는 듯한 그의 눈을 마주한 순간, 자리에서 움직일 수 없었다.

"여자한테 진지하게 고백하는 거 태어나서 처음 하는 거라 서툴러. 많이 놀랐다면 미안해."

도노고 남학생들 중 한 명이 이쪽으로 시선을 돌렸다. 아마도 나와 같은 학년일 것 같다는 생각이 들었다.

"나와 안도 군은 이제 막 알게 된 사이잖아. 나에 관해 아무것도 모를 텐데, 너무 뜬금없어."

"그니까 더 알고 싶은 거야."

"어째서?"

"이유 같은 거 없어. 무조건."

"나를 알게 된 후 싫어지면 어떻게 해?"

"그런 일은 있을 수 없다니까."

"미안. 나 이제 집에 가 봐야 해. 저녁 반찬거리 사야 해서."

"등에 전류가 흘렀어."

안도는 일어서려던 나를 향해 다시 호소했다.

"골목에서 처음 봤을 때 말이야. 아쓰미한테 온통 마음을 빼앗

겨 버렸어. 집에 가서도 계속 아쓰미 생각만 나더라고. 그래서 서
점에서 우연히 만났을 때 마음속으로 '야호!' 하고 소리치기도 했
어. 내 딴에는 용기 내서 큰마음 먹고 말 걸었던 거야. 그런데 얘
기하다 보니까 왠지 부끄러워지더라고. 애초에 그런 꼴사나운 모
습을 보여 준 것부터 시작해서 오타쿠가 읽을 법한 연애 소설책
을 들고 있는 것까지 들켜 버렸으니까."

"딱히 오타쿠만 읽는 소설이라고 생각한 적 없는걸."

"나 반성했어. 그렇게 널 다시 만났는데 도중에 도망가다니. 이
상한 놈이라고 생각했을 것 아냐? 그래서 실수를 만회하고 싶어
서 다음 날부터 쭉 서점에서 살다시피 했어."

아무리 그래도 부담스러운 건 사실이었다. 게다가 안도는 눈치
채지 못하고 있는 것 같았지만, 메이오고와 도노고 커플은 흔하
지 않아 이미 주변 사람들이 우리를 호기심 있게 보고 있었다.

"미안하지만, 난 슬슬……."

"내 말을 끝까지 들어주면 고마울 텐데……."

안도가 빠른 말투로 이야기를 계속했다.

"있잖아, 안도. 조금 더 작은 목소리로 말해 줄래? 주변을 둘
러봐……."

"난 이제 가식적으로 살지 않기로 했어. 아쓰미도 있는 그대로
의 나를 봐 줬으면 좋겠거든."

안도는 내가 하는 말은 듣고 있지도 않은 모양이었다.

"솔직히 그때 나 겁먹었었어. 서로 치고받을 상황이었다는 건

거짓말이야. 나랑 같이 있던 친구도 평화주의자거든. 그래서 아쓰미가 리더 같은 녀석에게 한마디 해 줘서 정말 다행이었어. 얼마나 고마웠다고. 살려 줘서 반했다고 말하면 웃기지만, 어쨌든 이게 거짓 없는 솔직한 심정이야. 내 입으로 말하는 건 부끄럽지만, 난 초식남이거든. 초식남 어떻게 생각해?"

뒤쪽 테이블에 앉은 도노고 학생들이 킥킥거리며 웃는 소리가 들려왔다. 안도의 큰 목소리라면 충분히 들릴 정도의 위치였다.

"난 네가 초식남이라고 생각 안 해. 초식남이라면 겨우 두 번밖에 대화한 적 없는 여자에게 고백 같은 거 못 하지. 게다가 이렇게 많은 사람 앞에서 말이야. 지금 네가 말하는 거 주변 사람들이 다 듣고 있는 것 같은데."

안도는 무표정으로 주변을 둘러보고는 다시 나에게로 시선을 돌렸다. 나는 그만 가야겠다는 사람한테 강제로 이야기하는 그 태도 역시 초식남 답지 않다고 덧붙이려다 그만뒀다.

"그럼 나 육식남인가?"

"그것까진 나도 모르겠어."

순간 웃음이 터져 나왔다. 안도가 환히 웃었다.

"근데 말이야, 아쓰미 혹시 학생회장인 거야?"

"나 아직 고2인데."

"그럼 선도부인가?"

나는 고개를 좌우로 흔들었다.

"그게, 그 무섭게 생긴 녀석이 아쓰미가 하는 말은 고분고분

듣고 있던 것 같아서."

"걔랑은 같은 반이야. 초등학교, 중학교도 같이 다녔어."

"소꿉친구?"

"그런 셈이지. 있잖아, 나 이제 진짜 가 봐야 해."

내가 벌떡 일어나자 안도는 당황한 듯 급하게 나를 뒤따랐다. 그리고 가게를 나와서도 오늘 시간 내 줘서 고마웠다거나 일단 친구가 돼 줄 수는 없냐며 계속 말을 걸었다. 나는 그런 안도를 무시하며 성큼성큼 역 쪽으로 갔다.

"다음엔 언제 또 만날 수 있을까?"

역 개찰구를 통과해 들어가는 내 뒤에서 안도가 물었다.

"모르겠어."

나는 힐끗 뒤돌아보며 말한 뒤 다시 앞을 봤다.

"수요일은 아르바이트 쉬는 날이지? 다음 주에도 서점에서 기다릴게."

나는 안도를 무시하고 승강장으로 이어지는 계단을 내려갔다.

유미에게 새 체육복을 사 주었다. 성장 속도를 감안해서 두 치수 큰 옷을 골랐다. 찢어질 듯 꽉 끼는 바지가 싫어서 동아리 활동을 그만두고 싶다던 유미가 이번에는 너무 크다며 투덜거렸다.

"이렇게 큰 거 싫어. 나한테 왜 묻지도 않고 옷을 사 온 거야?"

동생 말이 맞았다. 새로 산 체육복 바지는 허벅지와 엉덩이 부분이 헐렁하고, 셔츠의 밑단은 무릎까지 닿을 정도로 길었다. 하지만 유미의 성장 속도가 지금과 같은 기세라면 몇 개월 후에는 딱 맞을 게 분명했다.

"이거 말고 한 치수 작은 걸로 사 줘. 이번에는 나도 같이 가. 제대로 된 체육복을 사 줄 때까지 동아리에 안 나갈 거야. 또 애들이 놀릴 테니까."

하는 수 없었다. 다음 토요일, 우리는 함께 백화점에 가서 한 치수 작은 체육복을 구매했다. 탈의실 커튼을 열자, 동생은 지금은 딱 맞지만 얼마 안 가서 꽉 낄 게 분명한 체육복 바지를 입고 있었다. 그러더니 "이거 마음에 들어" 하며 만족스러운 미소를 지었다.

"교복도 새것으로 다시 사고 싶은데."

"미안, 유미. 아직 그렇게까지 해 줄 여유는 없어. 엄마 월급이 들어오면 생각해 보자."

며칠 후, 유미가 잠들고 난 뒤 새 교복에 대해 말했더니 엄마는 눈살을 찌푸렸다.

"쟤 요즘 너무 많이 먹는 것 아니니? 계속 살이 쪄서 터질 것 같잖아."

"성장기니까 잘 먹어야죠."

"네가 중학생 때는 저렇게 안 먹었어. 엄마가 어릴 때도 지금보다는 훨씬 더 날씬했고."

"유미는 엄마를 닮은 줄 알았는데."

"얼굴 생김새만 그렇지. 성격은 아빠를 닮지 않았니? 자유분방하고 자기가 하고 싶은 대로 하는 부분 말이야. 그건 진짜로 네 아빠를 쏙 빼닮았다니까."

내가 보기에는 성격도 엄마를 닮았는데, 정작 본인은 인정하기 싫은 모양이었다.

"그리고 유미 교복 말인데 다음 달 월급 받기 전까지는 솔직히 무리야. 이번 달에는 이것저것 돈 나갈 곳이 많거든. 유미한테는 네가 잘 말해 줘."

엄마의 말을 그대로 전했더니 유미는 역시나 뾰로통한 표정으로 푸념을 늘어놓기 시작했다.

"도대체가 엄마로서 부끄럽지도 않은가? 부모로서의 자각이 부족하다고 생각해."

"엄마도 최선을 다하잖아. 유미한테 나름 신경도 쓰고."

"언니 엄마 편이었어? 언제부터 그렇게 됐어?"

동생이 불만스러운 듯 눈살을 찌푸렸다. 저 모습은 정말이지 엄마와 똑 닮아 있었다.

다음 날, 저녁을 먹고 한숨 돌리고 있을 때였다. 엄마는 유미의 교복이 작아진 것을 꽤 이전부터 알고 있었다며 입을 뗐다.

"미안해. 엄마도 유미가 교복 창피해하는 거 신경 쓰고 있었어. 다음 달에는 새 교복 사 줄 수 있으니까 조금만 더 참아 줘."

유미는 의자에서 일어나 엄마에게 가더니 목에 팔을 감았다. 그러더니 엄마 귀에 코를 박고 "알겠어, 엄마" 하고 속삭였다. 나는 껴안고 있는 두 사람을 곁눈질하며 식기를 치우기 시작했다. 그런데 설거지하다가 문득 초등학교 때의 기억이 되살아났다. 그건 분명 내가 초등학교 4학년, 동생이 2학년 때의 일이었다. 그때는 엄마와 아빠의 사이가 꽤 좋았다.

늦여름의 어느 날, 우리 가족은 쇼핑하러 백화점으로 갔다. 꼭 대기 층 아동복 매장에는 예쁜 옷들이 잔뜩 진열되어 있었다. 동생은 눈을 반짝이며 매장을 정신없이 돌아다녔다. 엄마는 핑크색 바탕에 레몬색의 작은 물방울무늬가 프린트된 드레스를 유미 어깨에 가져다 댔다.

"엄마, 유미 이거 마음에 들어."

"알았어. 그럼 이걸로 하자. 그리고 곧 날씨가 서늘해질 테니까 가을, 겨울옷도 마련해야겠지?"

결국 엄마는 유미를 위해 예쁜 단추가 달린 핑크색 볼레로까지 사 주었다. 나한테도 뭐가 갖고 싶은지 물어봐서 유미와 같은 볼레로라고 답했다. 단, 내 볼레로는 핑크색이 아니라 베이지색이었다. 아빠는 우리들 머리를 쓰다듬으며, "좋겠네" 하고 눈가에 주름 가득한 미소를 지었다. 그날 밤, 이불 속에서 깜박 잠들었던 나는 문 건너편에서 들려오는 목소리에 눈을 떴다. 동생은 내 옆에서 침을 흘리며 깊이 자고 있었다.

"어이가 없네. 오늘 돈을 너무 많이 썼다니까요."

"당신이 사 준다고 했잖아."

"그래도 작년에 산 카디건이 벌써 작아서 못 입게 되다니. 너무 아깝잖아요?"

"그럼 큰 사이즈를 사 주면 되잖아."

"요즘 누가 헐렁한 옷을 입어요? 게다가 동네 사람들이 보는데 그런 식으로 입히고 다니면 내가 부끄러워서 안 되죠."

"그럼 할 수 없는 거 아니야?"

"할 수 없지만…… 요즘 애들은 너무 사치스러워요. 맨날 예쁜 옷이나 사 달라 그러고. 유미는 누굴 닮아서 저리도 옷을 좋아하는지. 아쓰미는 언니니까 딱히 사 달라고 조르지는 않지만, 역시 동생이 사는 건 자기도 갖고 싶은가 봐요."

"그렇다고 자매를 차별할 수는 없는 일이지."

"이번 달은 적자라고요. 앞으로 유미하고 아쓰미는 더 엄격하게 키워야 해요. 당신도 쟤들 응석 다 받아 주면 안 돼요. 따끔하게 혼도 내야 한다고요."

"알았으니까 그만 잡시다. 유미를 목말 태웠더니 피곤하네."

"바로 그런 게 응석이라는 거예요. 유미도 이제 다 컸잖아요."

그때 나는 아직 어렸지만, 왠지 문을 열고 화장실을 가서는 안 된다는 느낌이 들었다. 그래서 애써 소변을 참으며 부모님이 잠들기만을 기다렸다.

레스토랑 아르바이트는 순조로웠다. 처음에 손님이 많을 때는 조금 혼란스러웠지만, 익숙해지자 오히려 많은 손님을 응대할 때 일하는 보람이 느껴지기 시작했다.

"아쓰미는 대단해. 보통 3개월은 걸릴 일을 불과 사흘 만에 다 익혀 버리다니 말이야."

점장의 칭찬에 절로 미소가 지어졌다.

"요령이 좋은 건가 아니면 감이 좋은 건가? 아무튼 최고야."

흰머리가 듬성듬성 자란 점장은 수염을 기르고 있음에도 딱히 지저분하다는 인상을 주지 않았다. 지금까지 내 주변에 없었던 타입의 어른이었다. 게다가 볶음밥이나 오므라이스 등을 만들 때 손놀림도 놀라웠다. 무거운 중국 냄비를 그렇게 자유자재로 다루는 사람은 그리 많지 않을 터였다. 점장의 화려한 손놀림에 천장까지 닿을 만큼 높이 날아오른 볶음밥은 다음 순간 한 톨도 남김없이 프라이팬에 내려앉아 있었다. 일하는 동안 가게 안에는 홀 담당인 나와 주방에 있는 점장 둘뿐이었다.

가게는 내가 일을 마칠 무렵부터 이자카야로 분위기를 바꿔 심야까지 영업을 이어 갔다. 아침 10시에 문을 여는 만큼 점장은 거의 잠잘 시간도 없이 일하고 있었지만, 가게 건물주인 만큼 2층에서 거주할 수 있어 생각보다 힘들지 않다고 했다. 점장은 한 번의 이혼 경력이 있고, 전 부인과의 사이에서 낳은 딸이 하나 있다고 했다. 현재 고등학생인 딸은 전 부인이 맡아서 점장은 혼자 살고 있는 모양이었다. 하지만 늘 빳빳하게 다린 셔츠를 입었고, 대충 기른 듯 보였던 수염도 자세히 보니 깔끔하게 다듬어져 있었다. 이런 점장과는 전혀 다른 용모를 하고 있던 우리 아빠는 집에 올 때마다 현관에 먼지투성이의 신발을 대충 벗어 놨고, 옷은 구깃구깃한 데다 목욕도 거의 하지 않았다. 면도는 매일 했지만, 그로 인한 상처 때문에 코밑이라든지 턱에 발그스레한 작은 돌기가 나 있었다. 거기다 아빠는 경마를 무척 좋아해서 텔레비전으로 경마를 즐겼다면 점장은 매일 경제 신문을 읽었다. 나는 중학교에 진학한 이후부터 아빠와 거의 대화하지 않았다. 그런데 이상하게도 점장과는 자주 수다를 떨었다. 그러다 아빠가 실종되었다는 사실을 점장에게 털어놓았다.

"그거 참 큰일이네."

점장은 심각한 표정을 지으며 말했다.

"아쓰미 아버지 참 착실해 보이던데."

그러고는 조심스럽게 우리 집 경제 사정을 넌지시 물었다.

"엄마도 일하고 있어서 그럭저럭 생활하고 있어요."

"아쓰미가 여기서 일한 지 얼마 안 돼서 이런 말 하기 뭣하지만, 나를 아빠 대신이라 생각해서 힘든 일 있으면 주저 없이 상담해 줬으면 좋겠어."

9

 $\underset{\circ}{\circ} \underset{\circ}{\circ}$

안도 준이 '티롤'로 찾아온 것은 패스트푸드점에서 고백 이후
한참이 지난 어느 날이었다. 나는 계산대에서 계산하느라 바빠서
점장이 안도를 테이블로 안내했다. 안도는 커피를 주문한 뒤 책
을 읽는 척하며 곁눈질로 계속 나를 쫓았다. 그러다 결국 자리를
떴다. 계산도 점장이 해 주었다. 그날 나는 안도와 주문을 주고
받은 것 외에는 어떤 대화도 하지 않았다. 다음 날도 안도는 레
스토랑에 나타났다. 테이블에 앉아 이번에는 책이 아니라 교과
서와 노트를 꺼내 뭔가를 적기 시작했다. 그리고 보니 나도 중간
고사 준비를 해야 한다는 생각이 들었다. 안도는 주문받으러 온
나를 올려다보며 "화났어?" 하고 물었다. 나는 "아니"라고 대답
한 다음 점장에게 주문을 전달하러 갔다.

"오늘도 왔네."

점장이 작은 목소리로 속삭였다.

"이런 오래된 가게에 고등학생이 오는 건 드문 일이라서."

점장은 나와 안도를 번갈아 가며 쳐다봤다.

"아는 사이?"

"네, 뭐……."

"아는 사이치고는 두 사람 사이에 별로 대화가 없는걸. 근무 시간이라고 눈치 볼 필요 없어. 괜찮아."

"아뇨, 그리 친한 사이가 아니라서."

점장이 말은 저렇게 해도 막상 내가 손님과 사적인 대화를 나눈다면 좋게 보지 않을 터였다. 안도는 그렇게 한 시간 가까이 버티고 앉아 있었지만, 우리 사이에 대화는 없었다. 그리고 안도는 그로부터 사흘 정도 가게를 찾아오지 않았다. 무슨 일인가 싶어 신경 쓰이기 시작할 무렵, 안도가 가게에 나타났다. 점장이 나를 향해 윙크하면서 고개를 끄덕였다. 나는 안도가 있는 테이블로 주문을 받으러 갔다. 그러자 안도가 내 얼굴을 빤히 쳐다봤다.

"나 싫어해? 보기도 싫어?"

나는 물병을 테이블에 내려놓으며 "주문하시겠습니까?" 하고 물었다.

"나를 스토커라고 생각해?"

"스토커였어?"

"물론 아니지. 그리고 커피."

안도의 욱하는 표정은 마치 어린아이 같았다.

잠시 후 커피를 가져다주었을 때 그는 다시 말을 이었다.

"수요일에 서점에서 기다리고 있었어. 안 올 거라고 예상은 했지만, 혹시 몰라서 서점 문 닫을 때까지……."

"수요일에 집안일로 바빴어."

"그래도 어떻게든 다시 한번 얼굴을 보고 싶어서 아르바이트 한다던 가게 이름을 기억해 내려고 노력했어. '치롤'인지 '티논'인지 가물가물하더라고. 아무튼 그런 비슷한 이름의 가게를 찾아서 역 앞을 계속 헤매다가 겨우 이 가게를 발견했지."

"음식점 이름을 '치롤'이라고 할 리 없잖아. 티롤은 오스트리아에 있는 산악 지대 이름이야."

"난 오스트리아에는 가 본 적이 없어서."

"안 가 봐도 알잖아. 이런 건 학교에서도 배우는걸."

"기억 안 나. 메이오고에 다닌다고 해서 머리가 좋을 거라고 생각하지 마."

"머리가 나쁘니?"

"별로 좋지 않아. 그래서 공부에 소질이 없어."

안도는 작게 한숨을 쉬었다.

"나 요즘 진지하게 고민 중이야. 메이오고에 다니는 게 과연 잘하는 짓인가 하고."

"메이오고 학생이 이 동네를 서성이는 건 드문 일이지."

"나 부근에 살아. 그래서 학교까지 가는 데 한 시간 이상 걸려.

집 근처에는 갈 만한 학교가 없었고, 아빠가 꼭 메이오고에 가라고 하는 바람에……."

그가 말한 '갈 만한 학교'에 도노고는 당연히 포함되지 않았을 것이다.

"집이 부자인가 봐."

"그렇지 않아. 아빠는 별로 유명하지 않은 중소기업의 월급쟁이거든. 근데 나는 외동아들이고 집은 할아버지 소유라 빚이 따로 없을 뿐이야. 그래서 나 하나쯤이야 사립 학교에 보낼 만한 여유는 있었던 거지. 어라? 내가 왜 이런 얘기를 하고 있지."

"알 게 뭐야."

그때 점장이 나를 부르는 소리가 들렸다. 고개를 돌려 보니 구석 테이블에 앉아 있던 손님이 나갈 준비를 하고 있었다. 나는 황급히 계산대로 가서 계산을 마쳤다.

"죄송합니다."

손님이 나간 뒤 점장에게 사과했다.

"괜찮아. 저 남학생이 치근덕거리는 것 같네."

점장은 안도를 힐끗 쳐다봤다. 안도는 다시 필기를 시작했다. 이후 손님이 많아져서 분주해졌다. 그래서 나는 안도가 나가는 걸 미처 못 봤다. 계산은 점장이 해 준 모양이었다.

그날 가게를 나왔을 때였다. 갑자기 어디선가 안도가 불쑥 나타났다.

"역시 내가 스토커라고 생각해?"

"자기 입으로 자꾸 말하는 걸 보니 진짜로 그런가 봐?"

"땡. 난 절대 스토커가 아니야. 이 가게의 커피가 맛있어서 오는 것뿐이야."

"내가 일하는 가게를 찾으려고 했던 건 누구더라?"

"사실은 맛있는 커피를 찾아서 돌아다녔던 거야. 그러다가 우연히 널 봤다고나 할까……."

"그럼 지금은 뭐야. 이것도 우연히 만난 상황인 거니?"

"아무튼 난 아니야. 스토커란 싫다는 데도 집까지 따라오는 끈질긴 사람을 말하지. 나는 이만 여기서 사라질게. 그 전에 이거."

안도가 작고 앙증맞은 안개꽃 한 송이를 건넸다.

"기다려."

나는 뒤를 도는 안도를 향해 말했다.

"역으로 가는 거지? 같이 가자."

그날부터 안도는 거의 매일 나를 만나러 왔다. 나는 가게에 폐를 끼치고 싶지 않았기 때문에 일을 마친 후 저녁거리를 사서 집으로 가는 짧은 시간 동안만이라면 만나 줄 수 있다고 했다. 안도는 그것만으로도 만족스러운지 근처 서점이나 편의점에서 내가 퇴근할 때까지 기다렸다. 또한 내가 저녁거리를 사면 짐을 빼앗듯 들어 줬다. 남들이 보기에는 커플로 보일지도 모를 일이었다. 교복 차림의 고등학생 커플, 더군다나 도노고와 메이오고 학생이라 눈에 안 띌 수는 없을 터였다. 안도는 다른 사람들이 우리를 쳐다보는 것을 오히려 자랑스러워하는 것 같았다. 그래서인지 계속해서 혼자 재잘거렸다.

"우리 고등학교에는 시 의회 의원이라든지 땅 부잣집 애들이 많이 다니고 있어서……."

나는 무를 골랐고, 안도는 계속 말을 이어 갔다.

"이제 막 운전면허를 딴 3학년 녀석이 자기 아빠 페라리를 몰고 학교에 온다니까."

"메이오고는 부자들이 가는 학교잖아."

"시골에서 부자라고 해 봤자 다 벼락부자들이지. 그래도 돈 많은 사람들이 생각보다 많은 것 같아. 그런 사람들을 보고 있으면 불경기라는 말이 믿기지 않을 정도라니까."

물론 그럴지도 모른다. 하지만 이런 이야기를 듣다 보니 싸고 맛있는 무를 사기 위해 여러 슈퍼를 돌아다니고 있는 나 자신이 너무나도 비참하게 느껴졌다.

"나 학교에서 다른 애들과 잘 어울리지 못 해. 사실 도노고 같은 학교가 나한테 더 어울리는 곳일 수도 있지만, 아무리 그래도 그 학교는 너무하잖아? 앗, 미안. 난……."

"괜찮아."

나는 겨우 고른 무를 들고 계산대로 갔다. 오늘 저녁은 된장 무조림을 만들 예정이었다. 유미는 분명 투덜거리겠지만 다이어트도 해야 하니 어쩔 수 없었다.

"내가 너무 말이 많은가? 학교에서 거의 말을 안 해서 그런지 아쓰미랑 있으니 내 얘기를 털어놓게 되네. 자기 얘기만 잔뜩 하는 남자는 짜증 나지?"

안도가 아니라고 말해 달라는 듯한 눈빛을 보냈다. 나는 일부러 대답하지 않았다. 그러자 안도는 비를 맞고 흠뻑 젖은 햄스터 같은 표정을 지었다. 마음이 조금은 짠했다.

"왜 굳이 자기의 꼴사나운 부분을 나한테 보여 주려는 거야?"

"이전에도 말했지만, 난 앞으로 자신을 꾸미지 않기로 했거든. 아쓰미가 나의 참모습을 알아줬으면 좋겠어."

반 친구들이 유타로가 경찰한테 붙잡혔다는 소리를 떠들어 댔
다. 유타로는 한동안 등교하지 않았지만 흔한 일이었기에 신경
쓰지 않았다. 그러나 2주 가까이 무단결석이 이어지자 아무래도
연락하는 게 좋겠다는 생각이 들었다. 마침 그때 이 말을 듣게
된 것이었다. 정확한 확인을 위해 옆자리에 앉은 여학생한테 물
어보았더니, 아무래도 사실인 것 같다는 답변이 돌아왔다.

"절도하다가 경찰에 붙잡혔대. 가와베랑 구보타도 함께."

"뭐?"

"편의점 강도인가 뭔가를 했다나 봐."

"그럴 리 없어……."

어느새 우리 주변으로 학생들이 모였다. 평소 거의 말이 없던

내가 누군가와 대화하고 있으니 흥미로웠나 보다.

"어쨌든 경찰한테 잡혔다는 건 진짜야."

"가게에 있던 사람들한테 들켜서 싸움을 벌였나 봐. 그래서 아직 잡혀 있는 거지."

"유타로는 덩치도 엄청 크잖아."

"오히려 타깃이 될 수도 있지. 힘자랑하려고 덤비는 사람에게는 좋은 상대일 수 있으니까."

"걔들 참 바보야."

"그럼 보나 마나 퇴학이겠네."

"그렇겠지. 평소 행실이 좋았던 편도 아니니까."

"왠지 좀 섭섭한데."

"왜? 앗, 마음에 두고 있는 애라도 있는 거야?"

"혹시…… 유타로?"

학생들이 말을 멈추더니 나를 힐끗 쳐다보았다.

"그게 아니라, 얘는 가와베 좋아하잖아."

"아니야."

"맞잖아. 악취미라니까."

학생들은 어느새 나를 무시하고 자기들끼리 신나서 떠들기 시작했다.

"절도라니……. 그거 정말 사실이야?"

내 목소리가 날카로웠는지, 학생들은 이야기를 멈추고 나를 바라봤다.

"진짜야. 구보타 엄마의 지인이 우리 엄마한테 한 얘기니까."

제비 둥지 같은 헤어스타일의 학생이 자신 있게 답했다.

유타로가 절도를 시도했다니 믿을 수 없었다. 나한테 이제 그런 짓은 절대 하지 않겠다고 맹세한 데다, 아르바이트까지 하면서 집 생계를 위해 노력하고 있었는데……. 그러고 보니 유타로에게서 빌린 만 엔은 아직 돌려주지도 못했다.

그로부터 이틀 후, 유타로가 학교에 나타났다. 가와베와 구보타는 여전히 결석이었다. 유타로는 수업 중에는 졸다가 쉬는 시간이 되면 혼자 어디론가 사라졌다. 그리고 다음 수업이 시작될 즈음 돌아와서 또 졸기 시작했다. 말 붙일 엄두도 못 낼 분위기였다. 나는 점심시간에 큰맘 먹고 유타로에게로 다가갔다. 그런데 나를 본 유타로가 갑자기 자리를 떴다.

"유타로, 저기……."

유타로는 나를 무시하고 성큼성큼 걸어서 교실을 나갔다. 그렇게 점심시간 동안 나타나지 않다가 5교시가 시작되고 10분쯤 지났을 무렵 다시 돌아왔다. 유타로는 떳떳하게 교실을 가로질러 자기 자리로 가서 앉더니 천천히 눈을 감았다. 나는 그날 마지막 수업을 마치는 종소리가 울리자마자 유타로의 자리로 달려갔지만 또 무시당하고 말았다. 유타로는 나를 거들떠보지도 않고 빠른 걸음으로 사라졌다.

다음 날도 유타로는 학교에 왔다. 또다시 나는 점심시간에 교실 밖으로 나가려던 유타로에게 다가가 말을 걸었지만, 여전히 뒤돌아보려고도 하지 않고 복도로 갔다. 나는 더 이상 물러설 수 없어 종종걸음으로 따라가 그 앞을 막아섰다. 유타로는 그제야 걸음을 멈췄다.

"나 이런 거 싫어."

유타로는 양손을 주머니에 찔러 넣은 채 나른한 듯 등을 쭉 폈다. 그러면서 나와는 눈을 마주치려고도 하지 않았다.

"유타로, 도대체 무슨 일이 있었던 거야?"

"무슨 일이 있었는지 모두가 다 알고 있잖아."

"정확히는 몰라. 어차피 다 소문이니까."

"어떤 소문인데?"

순간 망설였지만, 반에서 돌고 있는 소문을 유타로에게 그대로 말해 주었다.

"그렇다면 그 소문이 맞겠지."

유타로는 남 이야기를 하듯 답했다.

"어떤 건지 말해 줄 수 없어? 나는 유타로한테서 진실을 듣고 싶어."

"너한테 해 줄 말 없어."

"나는 소문이 사실일 거로 생각하지 않아. 왜냐면 유타로만 등교하고 있잖아. 가와베와 구보타는 아직 결석 중이고."

"나도 등교할 생각 없었는데."

"그래도 유타로가 학교에 나올 수 있는 건 정학당하지 않았기 때문이잖아."

"짜증 나네. 너하고 상관없는 일이야."

문득 정신을 차리고 보니 어느덧 학생들이 우리 주변을 빙 둘러싸고 있었다.

"이제 나한테 신경 꺼."

"왜 그런 말을 하는 거야?"

"아쓰미한테는 나 같은 놈보다 훨씬 어울리는 상대가 있잖아."

유타로는 나를 거칠게 밀치더니 복도 끝으로 사라졌다. 평소에는 자신만만하게 뒤로 한껏 젖혀져 있던 유타로의 어깨가 지금이 순간은 쓸쓸하게 움츠러든 것 같아 안타까운 마음이 들었다.

안도의 데이트 신청을 승낙한 건 유타로와의 말다툼 때문이었다. 나는 일요일에 안도와 함께 유원지로 놀러 가 롤러코스터를타며 마음껏 소리 질렀다. 다행히 유원지에 사람이 별로 없어서오래 기다리지 않고 놀이기구를 탈 수 있었다. 나는 이거 탈래,다음에는 저거 타자, 하며 안도를 끌고 돌아다녔다.

"무서운 것밖에 없잖아. 관람차 같은 거는 어때?"

"싫어."

가만히 앉아서 타는 것보다 소리 지르는 게 좋았다. 안도는 부루퉁한 표정을 지으면서도 결국에는 나를 따라왔다. 정신없이놀다 보니 어느덧 유원지가 문 닫을 시각이 가까워졌다. 안도가저녁을 먹자고 했지만 거절했다.

"왜? 오늘은 쉬는 날이잖아."

"저녁 준비를 해야 하거든."

"왜 맨날 아쓰미가 하는 건데? 동생도 중학생이잖아. 아쓰미 어머니도 오늘은 쉬시는 날이고."

안도가 입을 삐죽거리며 말하자, 마음이 조금 흔들렸다.

"자기 밥 정도는 직접 해 먹어야지."

나는 결국 안도와 저녁을 먹기로 했다.

"야호! 사실 이 근처 레스토랑을 예약해 놨거든. 못 가게 되면 어쩌나 걱정했어."

"레스토랑?"

"그래, 첫 데이트인데 어서 가자."

안도한테 핸드폰을 빌려 엄마에게 전화했지만, 아무도 받지 않았다. 그래서 오늘은 저녁을 먹고 가겠다는 메시지를 남겼다.

안도가 예약한 곳은 15분 정도 거리에 있는 아담한 레스토랑이었다. 티롤보다 크고 멋진 곳이었지만, 가게 인테리어는 17세인 우리와는 어울리지 않았다. 계산대에서 술을 마시고 있던 남녀가 갑자기 들어온 고교생 커플을 흥미롭다는 표정으로 바라보았다.

"우리가 와도 되는 곳인 거야?"

안도의 귓가에 대고 속삭였다.

"왜 그러는데?"

"어른들이 오는 곳이잖아."

"괜찮아."

"안도 씨 맞죠? 기다리고 있었습니다."

직원이 미소 지으며 안쪽 자리로 안내했다. 메뉴판을 본 나는 하얗게 질리고 말았다. 패밀리 레스토랑 가격의 족히 세 배는 넘을 것 같은 요리들이 나열되어 있었기 때문이다.

"여긴 아무래도 우리가 올 만한 곳이 아닌 것 같아."

"괜찮다니까. 아빠 회사가 근처에 있어서 내가 초등학생 때부터 가족끼리 자주 왔던 곳이거든. 셰프도 날 잘 알아. 술만 안 마신다면 우리도 얼마든지 올 수 있는 곳이야."

우리 가족이 종종 밥을 먹으러 갔던 티롤도 이렇게 고급 레스토랑은 아니었다. 어쩌고저쩌고해도 안도의 집안은 유복한 게 틀림없었다.

우리는 파스타 두 접시와 피자를 주문해서 나눠 먹었다. 요리는 패밀리 레스토랑과는 다른 왠지 어른스러운 맛이 났다. 안도는 피자를 먹으며 또다시 자기 이야기를 늘어놓기 시작했다. 하지만 오늘 저녁에는 안도의 이야기가 귀에 들어오지 않았다. 안도가 같은 내용을 반복해서 말할 때가 있다는 것을 알아차린 게 그 이유 중 하나이고, 다른 이유는 바로 유타로였다. 안도와 함께 있는 동안에도 유타로의 쓸쓸해 보이던 뒷모습이 계속해서 머릿속에 떠올랐다. 내 접시에는 아직도 음식이 남아 있었다. 분명 맛은 있었지만, 식욕이 나지 않았다.

"왜 그래? 잘 못 먹는 것 같네. 맛이 없어?"

"아니, 그렇지 않아. 맛있어."

나는 피자를 한 입 더 먹었다. 식어 버린 피자는 빵이 딱딱해져서 씹을 때마다 턱이 아팠다.

"입에 안 맞는다면 무리해서 안 먹어도 돼."

날 걱정스러운 듯 보던 안도는 디저트가 나오자마자 반색했다.

"이거 맛있어. 절대 후회 안 할 맛이라니까."

행복한 표정으로 티라미수를 먹고 있는 안도를 보며 이 사람은 사랑이 넘치는 가정에서 자란 게 틀림없다고 생각했다. 그래서 자신의 감정을 솔직하게 표현할 수도 있는 거겠지.

나도 디저트를 맛봤다. 안도가 추천한 티라미수는 입 안에서 녹아내릴 듯 달콤했다. 그러다 시계를 보니 이미 9시가 다 되어 있었다.

"나 그만 가 봐야 할 것 같아."

안도가 고개를 끄덕이더니 일어섰다. 계산서를 손에 쥐고 계산대로 걸어가기에 나는 황급히 그 뒤를 따라갔다.

"괜찮아. 내가 오자고 했잖아."

"그런 건 상관없어. 내 몫은 내가 낼게."

"어휴, 창피 주지 마."

안도가 나를 무시하고 지갑을 열었다.

"안 돼. 안도는 아르바이트도 안 하잖아. 그러니까 각자 내자."

지갑에서 지폐를 꺼내던 안도의 손이 멈췄다. 그사이에 나는 5,000엔짜리 지폐를 계산대에 올려놓았다.

먼저 가게를 나와 걷고 있던 내 뒤를 안도가 어슬렁거리며 따라왔다. 티라미수를 먹을 때 지었던 행복한 표정은 온데간데없고, 지금은 입이 삐죽 튀어나왔다.

"다음에도 같이 밥 먹을 수 있을까?"

안도가 물었다.

"솔직히 오늘 갔던 레스토랑은 부담스러웠어."

안도는 고개를 가볍게 끄덕였다. 나는 조금 더 같이 있고 싶다고 투덜거리는 안도와 역에서 헤어진 뒤 집으로 돌아갔다.

집에서는 안도와 마찬가지로 못마땅한 표정의 유미가 기다리고 있었다.

"언니, 어디 갔었던 거야?"

"친구랑 밥 먹었어. 엄마 핸드폰에 메시지 남겨 놨는데."

부엌에서 설거지 중인 엄마에게 물어보니 메시지가 온 줄도 몰랐다고 했다.

"나 너무 배고팠단 말이야."

무심코 쳐다본 동생의 허리둘레가 이전보다 커진 것 같은 느낌이 들었다. 유미가 방으로 들어간 걸 확인한 엄마는 속삭이듯 말을 꺼냈다.

"근처 편의점 공사 중인 거 알지? 그래서 유미한테 그나마 가까운 곳으로 가서 도시락을 사 오라고 시켰더니 왕복 40분이나 걸리더라니까. 네 것도 샀는데 결국 유미가 먹어 치웠어."

"난 괜찮아. 친구랑 먹고 왔으니까. 그것보다 엄마 정말 메시지 못 받은 거야?"

엄마는 핸드폰을 꺼내 나한테 보여 줬다. 화면을 보니 메시지 알림 표시가 떠 있었다.

"여기 메시지 왔잖아. 엄마가 전화를 안 받아서 메시지를 남겨 둔 건데 확인했어야지."

"그래? 난 이런 거 익숙하게 다룰 줄 모르거든. 그런데 너 밤늦게까지 누구하고 저녁 먹은 거니?"

"친구하고."

"너무 늦게까지 돌아다니면 안 돼. 옛날과는 다르게 세상이 뒤숭숭해져서 위험하단 말이야."

"알고 있어요."

나는 대답을 하고, 양치질하려고 세면대에 섰다. 유미의 시끄럽게 코 고는 소리가 문 너머 들려왔다.

11

⋮

"내가 한마디 해 줄까?"

잠깐 재료를 사러 나갔다 온 점장이 나에게 눈짓을 보냈다.

"그 남학생 또 와 있어. 가게 주변을 어슬렁거리고 있더라고. 눈이 마주쳤는데 인사도 안 하던데."

"죄송합니다."

"아쓰미가 사과할 필요 없지. 혹시 스토커 아닐까? 원한다면 내가 따끔하게 말해 줄게."

"그런 애 아니니까 걱정하지 않으셔도 돼요. 감사합니다."

"아쓰미 남자 친구니?"

"아니요."

"그럼 저 남학생이 기대를 갖지 않도록 처신하는 게 좋아."

"네."

"쓸데없는 참견이라면 미안해. 아쓰미는 내 딸과 같은 또래라서 왠지 남 일 같지 않아서."

어느덧 가게 일을 마무리할 시간이 되었다. 나는 점장에게 인사하고 티롤을 나왔다. 가게 문이 닫히자마자 안도가 나타나서는 늘 보여 주던 미소를 띠며 다가왔다. 나는 그를 무시하고 걷기 시작했다.

"아쓰미, 오늘은 어쩐지 피곤해 보이네."

안도가 뒤따라오며 말했다.

"혹시 화났어? 내가 또 네 기분을 상하게 할 만한 짓을 했나?"

"아는 사람을 만나면 인사하는 게 좋지 않겠니?"

"뭐?"

"안도는 이제 티롤에서 유명해졌으니까. 스토커로 오해받고 싶지 않으면 점장한테 인사 정도는 하는 게 어때? 아까 가게 앞에서 만났잖아."

"난 점장 얼굴도 모르는데?"

레스토랑에 몇 번이나 왔었는데 어떻게 모를 수 있냐고 따져도 안도는 모른다고 우겼다.

"난 점장을 보려고 거길 자주 갔던 게 아니라서."

"그래도 얼굴 정도는 기억하잖아?"

"전혀."

안도는 정색한 표정으로 고개를 가로저었다.

"내가 관심 있는 사람은 오직 아쓰미인걸. 그 외에 많은 사람을 마주치더라도 나한테는 호박이나 무랑 같아."

그때 저 멀리 전봇대 그늘에 서 있는 사람 그림자가 눈에 들어왔다. 자세히 보니 키 큰 남자가 빙글 뒤돌아서 옆길로 잽싸게 사라졌다.

"나 급한 볼일이 생겼어."

나는 빠른 걸음으로 그림자를 따라갔다.

"아쓰미 어디 가?"

뒤쫓아 오는 안도에게 "따라오지 마" 하고 딱 잘라 말했다.

"왜 안 돼? 계속 가게 앞에서 기다렸는데."

"나중에 연락할게."

내 머릿속은 도망가듯 모습을 감춘 유타로 생각뿐이었다.

"연락이라니? 아쓰미는 핸드폰도 없잖아. 내가 왜 매일 가게 앞에서 스토커처럼 기다린다고 생각해? 내 마음도 좀 알아줘."

계속 투덜거리는 안도를 무시한 채 나는 길모퉁이까지 뛰어 유타로가 굽어 들어간 골목길을 살폈다. 그러나 어디에도 그의 모습은 보이지 않았다.

그 골목길은 자주 다니던 곳은 아니지만, 어디로 이어지는지 대충은 알고 있었다. 오른쪽 모퉁이를 돌면 우리가 다니던 초등학교가 나오기 때문이다. 나는 골목 안으로 빠르게 걸어갔고, 안도는 더 이상 따라오지 않았다.

해가 기울기 시작할 무렵, 겨우 초등학교 앞에 다다랐다. 장마가 걷힌 지 얼마 안 된 무더운 날이라서 등이 땀으로 흠뻑 젖었다. 방과 후의 교정에는 아무도 없었다. 참새 한 쌍이 전봇대 위로 날아와 앉았다. 유타로의 집은 여기서 서쪽으로 가면 되지만, 나는 반대쪽으로 걸었다. 잠시 후 오른편에 어린 시절 추억으로 가득한 공원이 보였다. 어릴 때 유타로와 함께 축구하며 놀던 곳이었다. 그때 석양을 배경으로 그네를 서서 타고 있는 사람의 그림자가 보였다. 그네가 앞뒤로 흔들릴 때마다 삐걱삐걱 소리가 났다.

"그네 부수지 않도록 조심해."

내가 말하자 유타로는 작은 그네에서 힘차게 뛰어내렸다. 나를 쳐다보지도 않은 채 앞을 향해 걸어가는 유타로의 등 뒤에 대고 "도망가지 마!" 하고 날카롭게 쏘아붙였다.

"너 그 녀석이랑 사겨?"

유타로는 그제야 나를 뒤돌아봤다.

"너희들이 맥도날드에서 시시덕거렸다는 거 꽤 유명하던데. 매일 아르바이트하는 곳에도 나타나고."

"아니, 오해야. 개랑은 아무 사이도 아니라고."

"그 녀석 지난번에 내가 협박해서 돈 뜯으려고 했던 메이오고 학생 맞지? 잘됐네. 똑똑해 보이던데 돈도 많은 거 아냐? 아쓰미와 잘 어울려."

"그게 아니라니까."

나는 유타로에게 다가가서 팔을 잡았지만, 유타로는 가볍게 뿌리쳤다.

"아쓰미는 마음씨가 고우니까 피해자인 그 녀석이 안쓰러웠겠지. 당연해. 남을 협박해서 돈이나 뜯는 녀석 따위는 최악이니까. 그래, 가해자보다 피해자 쪽에 더 마음이 가는 법이지."

"유타로는 이제 그런 나쁜 짓은 절대 하지 않을 거라고 나한테 맹세했어. 그래서 절도했다는 소문 같은 거 사실이 아니라고 생각해. 나는 유타로를 믿으니까."

"숙부의 회사가 망해 버렸어."

유타로가 양손을 주머니에 찔러 넣더니 눈을 가늘게 떴다.

"어느 날 갑자기 회사에 빚쟁이들이 들이닥쳐서 트럭이나 돈이 되는 건 다 쓸어 갔어. 나중에 알게 된 이야기지만, 숙부가 증권 회사에 속아서 회삿돈으로 주식 같은 걸 했다는 거야. 내가 보기에는 도박이던데 그런 식의 거래는 어느 회사나 하는 거래. 결국 그게 원인이 돼서 잘 운영하고 있던 본업마저 망한 거야."

유타로는 운동화 발끝으로 땅에 원을 그리며 말을 이었다.

"그것조차 못 하게 돼 버리다니, 난 내 앞에 닥친 불운을 저주했어. 그때 마침 가와베와 구보타가 찾아와서……."

그 두 녀석이 유타로를 또 나쁜 길로 끌어들일 거란 건 이미 예상했었다.

"우리가 편의점 강도라는 소문이 떠돌고 있지만, 그건 사실이 아니야. 아무리 그래도 내가 강도질을 할 리 없잖아. 가와베가 말하길, 빌딩 건설 현장에 가면 공구 같은 게 쌓여 있는데 가져 다 팔면 비싸게 팔린다는 거야. 처음에는 당연히 거절했지만 밤 늦게 가면 아무도 없고, 버려져 있는 거니까 절대 훔치는 게 아 니라며. 일종의 폐품 회수와 같은 거라나? 불법이 아니라고 해서 난 망만 봐 주기로 했지. 지금 생각해 보면 내가 얼마나 바보였 나 싶어."

"가와베와 구보타는 정학당한 거지?"

"응. 녀석들은 도망갔거든. 감시 카메라에 다 찍혔는데 도망가 다니. 그리고 공사 현장에 아무도 없다는 건 거짓말이었어. 숙직 하던 현장 직원들이 '도둑이야!' 하고 소리치면서 우리를 쫓아왔 거든. 하지만 나는 도망가지 않고 저항도 안 했어. '다시는 이런 짓 하지 않겠습니다'라며 머리 숙여 사과했지."

"왜 나한테 그 얘기를 해 주지 않은 거야?"

"어쨌든 나도 공범인 건 사실이잖아. 변명 같은 건 하고 싶지 않았어. 학교에서도 이번만큼은 그냥 넘어갈 수 없었던 것 같아. 학교에 안 나오면 졸업시켜 주지 않을 거라면서 등교를 강요하 던걸. 이게 다야. 나한테 실망했지? 메이오고 학생이라면 장래도 유망할 텐데. 이제 그 녀석한테로 돌아가지 그래? 방금 전까지 같이 있었잖아."

나는 유타로에게 벤치에 앉자고 말했다. 부루퉁한 표정인 유 타로의 곁에서 나는 이야기를 시작했다.

"걔랑은 아무 사이도 아니야. 그냥 하고 싶은 대로 내버려뒀을 뿐이야. 유타로가 생각하는 그런 관계가 아니라고 맹세해."

나와 유타로의 긴 그림자가 땅바닥에 드리워졌다.

"그래? 처음에 그런 느낌으로 시작해서 사귀는 거지."

"혹시 질투하는 거야?"

"그럴 리가!"

유타로의 당황하는 모습을 보고, 나도 모르게 입가에 미소가 지어졌다.

"왜? 뭐가 웃겨?"

나는 해가 지는 것을 가만히 바라봤다.

"어릴 때 여기서 우리 축구했었는데. 그치?"

"그런 적도 있었지."

유타로가 팔을 쭉 뻗으며 크게 기지개를 켰다.

"처음에는 여러 명이 축구하다가 점점 줄어서 마지막에는 언제나 우리 둘만 남았었잖아."

"다른 친구들은 밥 먹을 시간이다, 하고 어른들이 부르러 왔었지. 우리만 빼고 말이야."

"아니야, 유타로 엄마는 왔었어. 근데 유타로가 집에 가기 싫다고 투정 부려서 나와 계속 남아서 놀았잖아. 아무도 부르러 오지 않은 건 우리 가족뿐이야."

"맞아, 그랬었다. 사실 그땐 아쓰미가 공을 너무 잘 차서 지기 싫었거든. 그래서 아쓰미와 축구하는 게 참 재밌었어."

"나도 유타로와 축구하는 게 좋았어. 사실 너한테 잘 보이고 싶어서 몰래 숨어서 연습하기도 했다니까."

유타로가 내 옆얼굴을 지긋이 바라보고 있는 것이 느껴졌다.

"아쓰미 가족들은 왜 아쓰미를 부르러 오지 않았던 걸까?"

"막 태어난 동생을 돌보느라 힘들어서 나한테까지 신경을 못 쓴 거 아닐까?"

"아무리 그래도……."

"우리 엄마는 원래 그런 사람이야. 내가 없어도 저녁밥을 먼저 먹더라고. 그러면 나는 밥솥 바닥에 남은 밥을 직접 퍼서 먹고는 했었지. 반찬도 남아 있지 않은 경우가 많아서 김 같은 걸 뿌려 먹기도 했어."

"그 당시 동네 아줌마들이 우리 집에 자주 모여서 수다를 떨곤 했었는데, 아쓰미 엄마가 둘째를 낳고 나서 육아 우울증에 걸렸다고들 하더라고. 또 동생만 예뻐하고 아쓰미한테는 신경도 안 쓴다는 식의 이야기도 나왔었어."

"엄마는 유미를 좋아하지만 싫어한다고 생각해. 유미도 마찬가지고. 이 둘은 놀라울 정도로 닮았어. 볼 때마다 역시 모녀구나 싶어."

"좋아하는데 싫어한다는 게 무슨 뜻이야?"

"서로에 대한 감정이 불안정하다는 거야. 아빠도 결국 그런 엄마한테 신물이 나서 집을 나간 건 아닐까 생각해."

"너희 집도 여러모로 힘들구나. 우리 집도 마찬가지야. 절도 사건은 분명 내가 잘못한 게 맞지만, 그 이후로 엄마는 나와 대화하려고도 안 해. 아빠는 여전히 술만 마시고. 그래서 집에 있으면 숨이 막힐 지경이야. 그렇다고 딱히 갈 곳도 없고 말이지."

"사실 나도 그래. 그런 면에서 우리는 닮은 것 같아."

유타로와 나는 서로 마주 바라보며 동시에 미소를 지었다.

우리는 벤치에 앉아 여러 이야기를 나누었다. 신기하게도 유타로한테는 나의 모든 속마음을 털어놓을 수 있었다. 엄마와 동생에 대한 푸념을 늘어놓다가, 문득 내가 그동안 얼마나 참고 살아왔는지를 깨닫고 놀라기도 했다. 그리고 내 마음을 치유해 줄 수 있는 건 안도나 티롤 점장이 아닌 유타로라는 것을 새삼 느꼈다.

"아쓰미도 결국 아저씨처럼 사라지고 싶은 거 아니야?"

유타로의 말에 나는 고개를 들었다.

"스트레스가 많이 쌓였을 것 같은데."

"모르겠어. 그렇지만 엄마나 유미한테 분명 좋은 면도 있으니까. 나한테도 안 좋은 면이 있고 말이야."

"여전히 우등생 같은 소리만 하네. 그야 누구나 좋은 면과 나쁜 면은 있지."

"그래도 나는 가족을 버리고 떠날 수 없어."

"진학이나 취업 때문이라면 집을 나올 수도 있잖아. 앞으로 세 사람이 영원히 함께 살아갈 생각이야?"

"그건…… 아니지만."

문득 정신을 차려 보니 사방에 어둠이 짙게 내려앉아 있었다.

"얼른 집에 가 봐야 할 것 같아."

유타로가 노골적으로 눈살을 찌푸렸다.

"아직 8시도 안 됐어. 이렇게 일찍 집에 가야 한다고?"

"그게 아니라 저녁거리를 사야 하거든."

"너 혼자 그런 걸 일일이 신경 쓸 필요 없잖아?"

"내가 식사 당번이라서 그래."

유타로가 크게 한숨을 쉬었다.

"알았어. 집까지 바래다줄게."

슈퍼는 이미 문을 닫은 시각이었다. 어쩔 수 없이 편의점에 가서 식재료를 구입하기로 했다. 그마저도 늘 가던 곳이 내부 공사 중이어서 공원에서 20분은 걸어야 갈 수 있는 편의점을 왕복해야만 했다. 혼자 가도 괜찮다고 말했지만, 유타로는 부득부득 나를 따라왔다.

"도시락 사는 줄 알았더니, 채소만 잔뜩 사서 어쩌려고?"

유타로는 감자와 양파가 담긴 장바구니를 보고 말했다.

"내가 직접 만드는 게 더 건강에 좋아."

"오늘은 내가 있으니까 무거운 거 전부 들어 줄게."

유타로와 함께 장바구니를 들고 집에 도착했을 때는 이미 밤 9시가 다 된 시각이었다. 나는 유타로에게 "오늘 고마웠어" 하고 말을 전했다.

"내일 학교에서 봐. 나 무시하지 마."

그리고 중요한 말도 덧붙였다.

"알았어."

유타로가 수줍은 듯 웃었다. 내 얼굴에도 미소가 번지고 있었는지, 마중 나온 유미한테 "왜 웃고 있는 거야?"라는 소리를 들었다.

"아쓰미, 이리 와서 앉아 봐."

동생 뒤에서 엄마가 낮은 목소리로 나를 불렀다.

"우선 저녁 식사 준비부터 할게."

"저녁은 이미 한참 전에 먹었어. 이 시간에 집에 와서는 대체 뭔 소리를 하는 거니?"

부엌 싱크대 위에는 다 먹은 편의점 도시락 용기가 아무렇게나 놓여 있었다.

"엄마, 언니가 감자를 엄청나게 많이 사 왔네."

유미가 장바구니를 들여다보며 과장되게 말했다. 엄마의 눈썹이 더욱 치켜 올라갔다.

"너 지금 우리 보라고 일부러 이런 행동하는 거지?"

"이런 행동이라니?"

"그래, 물론 엄마가 자주 요리하지는 않았어. 제대로 만들어 주고 싶단 생각도 했지만, 일이 바쁘니까 어쩔 수 없이 조리된 음식을 사 오고는 했었지. 내가 그다지 좋은 엄마가 아니란 건 나 자신도 알고 있어. 하지만 그렇다고 해서 나 보란 듯 매일 여러 요리를 만들 건 없지 않니? 너 엄마를 바보 취급하는 거지?"

"바보 취급이라니? 난 그냥 요리는 처음 하는 거라 신기했고, 또 열심히 하다 보니 재밌어서 이것저것 하게 된 건데."

"그러니까 엄마는 그게 언니가 우리를 아니꼽게 생각해서 그런 거라고 말하는 거잖아."

유미가 끼어들었다.

"요즘에는 조리된 반찬도 충분히 영양가 있고 열량도 낮아. 시간이 없으면 그런 거 사 오면 되잖아. 근데 감자랑 양파를 이렇게나 많이 사다니. 벌써 밤 9시야. 우리는 이미 저녁을 먹었다고."

엄마가 눈짓을 주자, 유미는 크게 고개를 끄덕였다.

"미안해, 엄마. 집에 일찍 오려고 했는데 사정이 생겨서. 그래서 급하게 편의점에 들렀다가 나도 모르게 그만 장 보던 버릇이 나와서……."

"그럼 연락이라도 했었어야지. 도대체 이 시간까지 누구랑 뭘 하고 있었던 거니?"

"그야 뻔하잖아."

유미가 콧방귀를 뀌었다.

"언니, 남자 친구가 생긴 거야."

"남자 친구? 아쓰미, 그게 도대체 누군데? 지난번에 같이 유원지 갔던 사람? 밤늦게까지 붙잡고 있다니, 마음에 들지 않아."

"아니야. 이번에는 다른 사람이야."

유타로의 이름을 말하려다 그만두었다.

"다른 남자 친구라고?"

유미가 눈을 동그랗게 떴다.

"아니라니까."

나는 일어나서 냉장고 문을 열었다. 예상대로 내 도시락은 없었다.

"아쓰미, 아직 이야기 안 끝났어."

나는 엄마를 무시하고 감자 껍질을 벗기기 시작했다. 아까부터 배 속에서 꼬르륵하며 요동치는 소리가 나고 있었다.

"어휴, 벌써 저렇게 남자를 밝히다니⋯⋯."

비웃는 듯한 목소리가 등 뒤에서 들려왔다.

12

다음 날, 학교에서 만난 유타로는 약속한 대로 나를 무시하지 않았다.

"숙부님 회사는 회생될 가능성이 아예 없는 거야?"

"어려워 보여. 그래도 다행히 이번 여름 방학에 일자리가 생길 것 같아. 숙부의 지인이 도쿄에서 공장을 경영하시는데 나를 소개해 줬거든. 방학이 시작되면 바로 가려고."

"잘됐네. 이런 작은 마을보다는 역시 도쿄 같은 큰 도시에 기회가 있는 것 같아."

"응. 살 곳도 알아봐 주신다더라."

유타로와의 관계는 회복되었지만, 안도는 그날 이후로 내 앞에 나타나지 않았다. 이대로 시간이 지나면 잊히겠지만, 마음속에 약간의 응어리가 남은 기분이었다. 안도하고는 기회가 되면 제대로 이야기해 보고 싶었다.

얼마 후 학기가 끝나고 여름 방학이 시작되었다. 나는 방학이라 티롤에서 풀타임으로 아르바이트하기로 했다. 마침 그때 엄마가 일을 그만두었다. 이유를 물어도 알려 주지 않았다. 해가 떴는데도 이불 속에서 웅크리고 있는 나날이 다시 이어졌다.

"그만둔 거 아니야. 잘린 거지."

유미가 무서운 얼굴로 말했다.

"정말? 엄마가 그렇게 말했어?"

"아니. 그렇지만 엄마는 회사에 대해 불평만 했잖아. 내가 회사 사장이었어도 그런 사람은 잘라 버렸을걸. 매일 투덜거리고 빈둥거리는 사원한테 월급 주고 싶은 사장은 없을 테니까."

"그런 식으로 말하면 안 돼. 엄마는 생활비를 벌기 위해 힘든 일을 억지로 한 거잖아."

"엄마는 근성이 부족해. 솔직히 나도 엄마를 닮아서 저런 식이긴 하지. 언니와는 전혀 다른 인간이야. 나는 왜 나쁜 것만 닮은 거지? 이건 너무 불공평해."

유미는 볼을 부풀리며 자고 있는 엄마를 째려보았다. 엄마도 유미의 원망 섞인 목소리를 들었을 법도 한데, 계속해서 자는 척하고 있었다.

"미안한데, 유미. 나 이제 나가 봐야 해."

아르바이트를 시작하려면 시간이 남았지만, 그때까지 집에 있다가는 숨이 막힐 것 같았다.

"엄마, 나 갔다 올게."

대답은 없었다. 엄마의 좁은 등은 모든 것을 거부하듯 침묵하고 있었다.

"나도 친구 집에 놀러 가야겠다."

유미가 나를 향해 손바닥을 내밀었다. 하는 수 없이 지갑에서 500엔짜리 동전을 꺼내 줬다.

"이게 다야?"

"이번 달 용돈 아직 남았잖아."

나는 불평을 늘어놓는 동생을 뒤로하고 서둘러 집을 나왔다.

한여름 태양이 뜨겁게 내리쬐는 길을 빠른 걸음으로 걸었다. 티셔츠 속에서 땀이 줄줄 흘러내렸다. 티롤에 거의 다다랐을 때쯤 뒤에서 "아쓰미" 하고 부르는 소리가 들렸다. 뒤돌아보니 안도가 큼지막한 꽃다발을 안고 서 있었다. 안도를 만나는 건 일주일만이었다. 그는 장미 꽃다발을 나에게 내밀었다.

"나한테 주는 거야?"

"응. 받아 줘."

"오늘은 내 생일도 아닌데."

이렇게 큰 꽃다발이라면 아무리 못해도 만 엔은 할 터였다.

"생일이 아니더라도 꽃다발쯤은 선물로 줄 수 있잖아."

"지난번 안개꽃은 고맙게 받았지만, 이런 건 받을 수 없어."

"왜?"

안도의 표정은 슬퍼 보였다. 하지만 나는 그의 표정이 더 이상 신경 쓰이지 않았다.

"이런 방식으로 환심을 사려는 건 옳지 않아."

"그럼 어떤 방식이 좋은데?"

"그건 직접 생각해야지. 꽃다발도 엄청 비싸 보이는데? 용돈은 착실하게 저금하는 게 좋아."

"난 초등학생이 아니라 엄연한 고등학생이라고."

안도가 입을 삐죽 내밀었다.

"안도 그동안 내가 너한테 관심 있는 것처럼 행동했다면 사과할게. 내 감정을 제대로 파악하지 못해서 결과적으로 안도를 착각하게 만든 것 같아. 반성하고 있어."

"그게 무슨 소리야?"

"그렇다면 이왕 꽃다발도 들고 있으니까, 지금 여기서 안도의 마음을 나한테 전해 볼래?"

"내 마음을?"

나는 고개를 끄덕였고, 안도는 눈을 감은 채 크게 숨을 들이쉬었다.

"아쓰미는 내 이상형에 너무 예뻐. 내 여자 친구가 돼 줘!"

안도는 나에게 꽃다발을 내밀며 허리를 굽혔다.

"미안."

나는 눈을 감고 안도보다 더 깊이 허리를 숙였다. 안도가 엥

하는 표정을 지었다.

"그거 진심이야?"

나는 고개를 끄덕였다. 안도는 하늘을 올려다보더니 혼자 어찌할 바를 몰라 했다.

"같이 유원지도 가고 저녁도 먹었잖아……. 난 이 상황을 믿을 수 없어."

"아쓰미, 무슨 일이야?"

고개를 돌리니 점장이 있었다. 가게 안에서 우리의 모습을 지켜봤던 모양이었다.

"아무 일도 아니에요. 그냥 이야기하던 중이었어요."

"너 뭐 하는 녀석이냐? 더 이상 우리 종업원한테 치근덕거리지 않아 줬으면 좋겠어."

점장은 내 말은 듣지도 않고 안도를 째려보았다. 안도가 나와 점장을 번갈아 쳐다봤다.

"그렇구나……. 이제 좀 알 것 같다. 그런 거였군……."

안도는 경멸하는 듯한 눈초리로 나와 점장을 보았다.

"도대체 얼마를 받는 거야? 이런 짓 안 부끄러워?"

안도가 꽃다발을 나에게 내던졌다.

"무슨 짓이야?"

점장이 안도 앞을 가로막고 섰다. 이에 질세라 안도도 점장을 노려보았다.

"학생을 건드리다니. 당신, 창피하지도 않아?"

"무슨 소리 하는 거야? 그만 돌아가. 안 그러면 경찰을 부를 테니까."

두 사람은 서로를 매섭게 쩨려보고 있었다. 이윽고 안도가 시선을 거두며 말했다.

"좋아. 알았어. 가면 될 거 아냐. 그렇지만 경찰이 오면 곤란해지는 건 그쪽일 텐데. 쟤는 미성년자거든."

안도는 막말을 내뱉더니 몸을 홱 돌려서 가 버렸다. 지나가던 사람들이 멈춰 서서 우리를 쳐다보고 있었다. 나는 잰걸음으로 가게 안으로 들어갔다. 점장은 길바닥에 떨어진 꽃다발을 집어 들고 나를 따라서 가게 안으로 들어왔다. 가게 안에 손님은 없었다. 나는 앞치마를 허리에 걸쳤다.

"도대체 이게 무슨 난리람."

점장이 이마의 땀을 닦았다.

"하지만 오늘 일로 그 녀석도 포기하지 않을까? 역시 따끔하게 말할 필요가 있다니까."

나는 말없이 행주를 짜서 테이블을 닦았다.

"근데 말이야. 우리 사이가 사람들 눈에는 그렇게 보이나 봐."

점장은 미소를 띠고 있었다.

"딱히 상관은 없지만 말이야."

나는 굳은 표정으로 다시 테이블을 닦기 시작했다. 점장은 천천히 나에게 다가오더니 바로 뒤에서 멈춰 섰다.

"몇 번이나 말했지만, 나를 더 의지해도 된단다."

나는 테이블에 채워 넣을 냅킨을 꺼내기 위해 계산대로 갔다.

"아쓰미, 화났니? 저 스토커한테 시달린 거 아니야? 싫다는 사람에게 꽃다발까지 들고 찾아오다니, 제정신이 아니잖아. 내가 보기에 위험하다 싶어서 밖으로 뛰쳐나간 거야."

"민폐 끼쳐서 죄송합니다."

나는 안쪽 테이블부터 냅킨을 채우기 시작했다. 점장이 또다시 내게 다가왔다.

"전혀 민폐라고 생각하지 않아. 나한테 있어서 아쓰미는 뭐랄까…… 특별한 존재니까."

점장은 숨결이 느껴질 만큼 나의 뒤에 딱 붙었다. 나는 반사적으로 몸을 틀었다.

"괜찮아. 걱정 안 해도 돼."

점장은 양팔을 치켜든 채 고개를 좌우로 흔들고 있었다.

"내가 아쓰미한테 못된 짓을 할 리 없잖아. 그냥 날 아빠처럼 생각해 달라니까."

그때 손님이 들어왔다. 나는 얼른 고객을 안내하러 갔고, 점장은 계산대 안쪽으로 모습을 감췄다.

그 후 일을 마칠 때까지 끊임없이 손님이 와서 다행이었다. 나는 근무 시간이 끝나고, 주방에 있는 점장에게 제대로 인사도 하지 않고 도망치듯 티롤을 빠져나왔다.

여러 가지 생각이 뒤섞여 마음이 착잡했다. 이대로 집에 가고 싶지 않았다. 그래서 정처 없이 걷다 보니 어느새 유타로의 집으로 향하고 있었다. 유타로는 우리 집에서 5분도 안 걸리는 곳에 살고 있다. 어릴 때 놀러 간 적은 있지만, 중학생이 된 후로는 한 번도 가 본 적이 없었다. 그때 길 끝에서 한 노인이 걸어오는 게 보였다. 나는 그 사람이 유타로의 할아버지란 걸 바로 알아차렸다. 할아버지는 내가 초등학생일 때부터 쭉 저렇게 할아버지의 모습이었다.

"안녕하세요."

백발의 야윈 노인은 내 인사를 들은 체도 하지 않고 지나가 버렸다. 알 수 없는 소리를 낮게 중얼거렸고, 위태로운 발걸음이었다. 나는 잠시 할아버지의 뒷모습을 바라보다가 다시 걷기 시작했다.

유타로의 집은 옛날과 달라진 게 없었다. 나무로 지은 단층집 구조였는데 입구에 작은 정원이 있었다. 초인종 앞에서 망설이고 있을 때, 사람 그림자가 보였다. 유타로의 아버지가 부채를 부치면서 무언가를 꿀꺽꿀꺽 마시고 있었다. 자세히 보니 그 옆으로 술병들이 나뒹굴고 있었다. 유타로 아버지가 인기척을 느꼈는지 이쪽으로 고개를 돌렸다. 나는 당황해서 급히 자리를 떠났다. 유타로는 집에 없는 게 분명했다. 그리고 어디에 있는지 대충 알 것 같았다.

나는 초등학교 쪽으로 발걸음을 옮겼다. 이름 모를 새가 울면서 서쪽으로 날아가고 있었다. 그때 택배 트럭이 윙 하는 소리를 내면서 바로 옆을 지나갔다. 차가 멀어지자 삐걱삐걱 쇳소리가 들려왔다. 공원 입구 쪽으로 걸어가자, 지난번처럼 서서 그네를 타고 있는 커다란 그림자가 나타났다.

"어? 이럴 수가."

유타로가 그네에서 뛰어내리더니 내 쪽으로 걸어왔다.

"텔레파시가 통한 건가? 나 지금 아쓰미 집에 갈지 망설이던 참이었는데. 아르바이트는 벌써 마친 거야?"

"응……."

"왜 그래? 아쓰미. 힘이 없어 보이네. 무리한 거 아니야?"

"그렇다기보다…… 나 아르바이트 그만둘지도 몰라."

"무슨 일 있었어? 말해 봐."

유타로가 재촉하는 바람에 조금 전 티롤에서 있었던 일을 설명해 주었다. 온화했던 유타로의 눈빛은 금세 험악해졌다.

"뭐라고? 그거 성희롱이잖아. 안 되겠다. 한마디 해야겠어."

"안 돼, 유타로."

"네 몸에 닿았다며. 치한이나 하는 짓이잖아. 여하튼 가 봐야겠어. 진짜 열받아."

"그만두라니까. 또 문제를 일으키면 이번에는 진짜 퇴학이야."

"상관없어. 그따위 학교."

"퇴학이 문제가 아니라 소년원으로 보내질지도 몰라. 경찰도 더는 용서해 주지 않을 거야. 날 걱정하는 건 고맙지만, 이미 끝난 일이니까 진정해."

"……참, 그 메이오고 녀석하고는 어떻게 됐어?"

유타로의 거친 숨소리가 서서히 나아졌다.

"사귈 수 없다고 분명하게 거절했어. 잘 알아들었을 거야."

"그래도 메이오고인데 솔직히 아깝지 않아? 너 괜찮은 거지?"

"응."

잠시 침묵이 이어지다가 유타로가 말을 시작했다.

"사실 나 내일 도쿄로 출발해. 급하게 인력이 필요한가 봐. 그래서 아쓰미에게 인사하려던 참이었어."

유타로는 코로 크게 숨을 쉬었다.

"아, 벌써 가게 됐구나. 언제 돌아오는 거야?"

"모르겠어. 그 회사에 이미 고등학교를 중퇴했다고 거짓말했거든. 만약 그쪽에서 자리 잡으면 안 올지도 몰라."

"그럼 유타로하고 다시는 못 만나는 거야?"

"아쓰미."

유타로가 주머니에 손을 넣은 채 물었다.

"나하고 같이 도쿄 갈래?"

"갈게."

이렇게 바로 대답한 것에 놀란 사람은 유타로가 아니라 나 자신이었다.

"나 이제 티롤에서 일하기 싫고, 집에도 돌아가고 싶지 않아."

"나도 우리 집에 미련 없어. 엄마는 동생들을 데리고 외가로 가버렸거든. 남은 건 술만 마셔 대는 아빠와 불평하는 할아버지뿐이야. 근데 아쓰미, 진심인 거야?"

"유타로가 같이 가자고 말했잖아."

"좋아. 아쓰미가 집에 돌아가기 싫다니까. 이렇게 된 이상 과감히 실행하는 거야. 내일 아침 일찍 출발해야 하니까 오늘 밤은 근처에서 자자. 어때?"

나는 천천히 고개를 끄덕였다.

"그럼 짐만 챙겨서 나와. 아니면 가족한테 들킬 수도 있으니까 이대로 갈래? 나한테 돈이 좀 있으니까 갈아입을 옷 같은 건 나중에 사면 되고."

"나도 돈 있어. 그래도 일단 집에 가서 짐을 챙겨 나올게."

지금 입고 있는 옷은 땀으로 젖었고, 속옷이나 세면도구 정도는 챙겨 오고 싶었다. 엄마나 유미가 어디 가냐고 물으면 며칠간 친구 집에 있겠다고 대답하면 될 일이었다.

하지만 막상 집에 가 보니 아무도 없었다. 유미는 배구부 친구와 노는 듯했고, 엄마는 눕다 지쳐 산책하러 간 모양이었다. 나는 재빠르게 소지품을 정리해서 가방에 집어넣었다. 준비를 마칠 때까지도 두 사람은 돌아오지 않았으므로, 간단히 메모를 남기고 집을 나섰다.

공원으로 되돌아오니 가방을 멘 유타로가 기다리고 있었다.

"빨리 왔네."

"너야말로."

"나야 떠날 준비가 돼 있었지만, 아쓰미는 갑자기 결정한 거잖

아. 혹시나 마음이 바뀐 건 아닌가 싶었어."

"바뀔 리 없지. 나도 유타로와 함께 갈 거야. 민폐만 아니라면."

"민폐였으면 처음부터 권하지도 않아. 이제 우등생 아쓰미도 안녕이네."

"난 내가 우등생이라고 생각해 본 적 없어. 단 한 번도."

사방은 어둠이 내려앉았다. 어디선가 카레 냄새가 풍겨 왔다.

13

예전에 역 앞에 있던 작은 여관은 어느새 국숫집으로 바뀌어 있었다. 유타로는 자기 혼자라면 공원에서 노숙해도 된다며 내 얼굴을 바라보았다.

"유타로는 나처럼 가출한 것도 아닌데 노숙할 필요 없지. 그러니까 오늘 밤에는 집에서 푹 자고 내일 역에서 만나자."

"그럼, 아쓰미도 일단 집으로 돌아갈래?"

나는 고개를 가로저었다.

"아니. 나는 이미 결심했으니까 다시 돌아가는 건 싫어."

"오늘 밤은 어디서 보내려고?"

"어딘가 적당한 곳을 찾아볼 거야. 유타로는 가도 돼."

유타로가 바보 같은 소리 말라며 무서운 얼굴로 째려봤다.

"내가 널 혼자 두고 가 버릴 사람으로 보여?"

그때 옆을 지나가던 한 젊은 여성이 유타로의 기세에 놀라 이쪽을 돌아보았다.

"역 앞에 있는 햄버거 가게는 밤 몇 시까지 영업이야?"

"거기는 아마 10시까지 아닐까?"

"그럼 근처에 PC방 없을까?"

"난 그런 곳은 한 번도 가 본 적 없어."

우리는 역에서 조금 떨어진 도로를 따라 걷던 중 커다란 호텔을 발견했다.

"아무리 그래도 여기는……. 괜찮겠어?"

"그냥 들어가자. 더 이상 걷고 싶지 않아."

나는 유타로의 팔을 잡고 안으로 들어갔다. 곧바로 눈에 띈 것은 전광판에 비친 방 안내였다.

"인테리어가 다양하네."

"불이 들어와 있는 곳이 빈방인가 보다."

"308호실 어때? 아니면 101호실이라든지."

"방 두 개 잡을까?"

"한 개면 돼. 돈 절약해야지."

결국 우리는 흰색으로 꾸며진 308호로 정했다. 가격도 그렇게 비싼 편은 아니었다. 칸막이로 차단된 계산대에서 방 열쇠를 받은 뒤 308호로 가는 엘리베이터를 탔다. 유타로는 왠지 들떠 있는 것 같았다.

"아쓰미, 혹시 여기 와 본 거 아냐? 너무 익숙한걸."

"아니, 오늘 처음인데."

308호실은 생각했던 것보다 작았다. 중앙에 거대한 침대가 놓여 있었고, 바로 앞에는 투박한 텔레비전이 있었다.

"샤워하고 있어. 나는 근처 편의점에 가서 저녁밥 사 올게."

유타로가 머리를 긁적이며 말했다. 나는 고개를 끄덕이고 욕실로 향했다. 문득 오늘 많은 일이 있었다는 생각이 들었다. 지금 이렇게 유타로와 호텔방에 있는 것 또한 믿어지지 않았다. 예상하지 못한 상황에 나의 또 다른 자아가 탄생하면서 여기까지 오게 만든 듯했다. 하지만 모험을 위한 여행은 이제 막 시작된 것 아닐까. 과연 어떤 운명이 우리를 기다리고 있을지 생각만 해도 몸이 떨려 왔다.

내가 샤워를 마쳤을 때쯤 유타로가 돌아왔다. 우리는 아무 말 없이 침대에 걸터앉아 도시락을 먹으면서 텔레비전 뉴스를 시청했다. 문득 엄마와 유미는 지금쯤 뭘 하고 있을까, 하는 생각이 들기도 했다. 도시락을 먹고 난 뒤, 유타로가 욕실로 들어갔다. 나는 텔레비전을 끄고 침대에 누웠다. 매트리스는 적당히 딱딱했고, 이불은 빳빳한 느낌이었다.

샤워를 마친 유타로가 핸드폰을 꺼냈다.

"오늘 기념으로 사진 찍지 않을래?"

"이런 곳에서?"

"좋잖아. 신혼 첫날밤 같은 분위기라서."

"가출 첫날밤 기념이라면 좋아."

유타로는 한 팔로 내 어깨를 감싸더니 다른 팔로는 핸드폰을 들었다. 우리는 핸드폰 렌즈를 향해서 방긋 미소를 지었다. 찰칵 하는 요란스러운 셔터 소리가 좁은 방에 울려 퍼졌다.

"오, 분위기 좋은걸."

"보여 줘."

나와 유타로는 잠옷 차림으로 핸드폰의 작은 화면 속에서 매우 행복한 표정으로 웃고 있었다.

"이제 슬슬 자자."

나는 평소에 쉽게 잠들지 못하는 편인데 바로 잠이 와서 놀랐다. 숨소리 없이 자는 내 모습을 보고 혹시 죽은 건 아닐까, 하고 걱정했다는 이야기를 나중에 유타로한테서 들었다.

다음 날 아침 일찍 우리는 체크아웃을 했다. 그런 다음 역으로 가서 지하철을 기다리는 동안 매점에서 산 샌드위치를 먹었다. 평소라면 통학하는 승객들로 북적거렸을 역도 여름 방학 중이라 한산했다.

지하철을 타고 터미널 역까지 가서 신칸센으로 갈아탔다. 나는 신칸센을 초등학생 때 딱 한 번 타 봤던지라 어린아이처럼 계속 창밖을 바라보고 있었다. 유타로는 아침을 먹었더니 또 졸린다 며 내 옆에 앉아 시끄럽게 코를 골기 시작했다. 바깥 풍경은 논 밭에서 차츰 아스팔트로 바뀌었다. 그런 풍경이 몇 번 반복되는

가 싶더니 잠시 후 지금껏 본 적 없는 높은 빌딩 숲이 지평선 끝까지 펼쳐졌다. 내가 태어나서 처음으로 방문하는 도시, 도쿄에 도착한 것이다. 어느새 잠에서 깬 유타로가 나를 지그시 바라보고 있었다.

"어제도 말했지만, 난 돌아갈 생각 없어. 여름 방학에만 하는 아르바이트라고 생각하지도 않아. 정말로 괜찮은 거지?"

나는 작게 심호흡했다.

"물론. 난 유타로를 따라갈 거야."

이윽고 신칸센은 도쿄역에 도착했다. 우리는 북적이는 인파에 압도당하면서 주오센 타는 곳을 찾아갔다. 나는 유타로 가방끈을 꽉 잡고 걸었다.

겨우 주오센 승강장을 찾아낸 우리는 때마침 도착한 열차에 올라탔다. 목적지는 신주쿠였다. 유타로가 반대 방향으로 탄 거면 어떡하지, 하며 초조해했다. 옆 승객이 신주쿠로 향하고 있으니 걱정할 필요 없다며 우리를 안심시켰다.

"창피하다. 완전 촌사람들."

유타로가 작은 목소리로 말했다.

"어쩔 수 없잖아. 우리는 진짜 시골에서 왔으니까. 앞으로 익숙해질 거야."

예상했던 것보다 신주쿠에 빨리 도착했다. 도쿄역에서 급행으로 불과 네 번째 역이었다. 열차에서 내릴 때 조금 전 방향을 알려 준 승객이 길을 잃지 않도록 조심하라고 말해 주었다. 갑자기 증발한 아빠와 비슷한 나이대의 남성이었다.

신주쿠역은 도쿄역만큼이나 규모가 큰 것 같았다. 나와 유타로는 서쪽 개찰구를 통과해 나갔다. 우리는 처음으로 가까이에서 본 고층 빌딩 크기에 압도당하면서 역에서 도보로 5분 정도 거리에 있다는 사무실을 찾아다녔다.

"큰일 났다. 2시에 간다고 연락했는데 벌써 2시 10분이잖아. 완전 지각이다."

"전화해 봐."

유타로가 주머니에서 핸드폰을 꺼내더니 한숨을 쉬었다.

"아, 맞다. 요금을 안 내서 사용 정지된 걸 깜빡했어."

유타로의 핸드폰은 카메라 기능은 사용할 수 있었지만, 통화는 할 수 없었다.

"일자리를 구했으니까 요금 내면 다시 사용할 수 있을 거야."

"아니, 그럴 필요 없어. 이 번호를 가지고 있으면 친구들한테 계속 연락 올 거 아냐. 귀찮으니까 이대로 놔두지 뭐."

유타로는 도움 안 되는 핸드폰을 도로 주머니에 넣었다.

"요즘은 핸드폰 없는 사람이 없어서 길거리에서도 공중전화를 찾기 어려울 것 같은데……."

그러다 우연히 백화점 화장실 가까이에서 아무도 사용하지 않는 공중전화를 발견했다. 우리는 뛸 듯이 기뻤다. 유타로는 당장 회사에 연락했다.

"서쪽이 아니라 동쪽 출구로 나와야 한대."

우리는 무거운 짐을 들고 다시 백화점을 나갔다. 유타로가 면접용으로 입고 온 셔츠는 이미 땀으로 흠뻑 젖어 있었다. 내 이마에서도 땀이 계속 흘러내렸다. 도시는 콘크리트에 둘러싸여 시골보다 기온이 훨씬 더 높았다.

결국 유타로의 회사 사무실이 있는 빌딩을 찾아낸 건 그로부터 30분이 더 지난 뒤였다. 우리는 신주쿠역이 얼마나 거대한지 몰라서 역을 반 바퀴만 돌면 동쪽 출구로 나갈 수 있을 거로 생각했던 것이다.

"좋아. 아쓰미는 일단 여기서 기다려 줘."

유타로는 나를 근처에 있는 카페에서 기다리게 하고 홀로 사무실로 향했다. 나는 아이스카페라테를 주문하고, 유타로가 돌아오기만을 기다렸다.

유타로는 30분 정도 지나서 왔다. 그는 내가 앉아 있는 테이블로 오더니, 창밖을 힐끗거리면서 빠른 말투로 사무실에서의 일을 이야기했다.

"신주쿠에서 일하는 거 아니야?"

유타로가 이야기를 마쳤을 때 내가 물었다.

"응. 숙부가 소개해 준 건 파견 회사였어. 내가 가나가와현에 있는 공장에서 일할 수 있도록 이미 연락해 뒀대. 지금부터 거기로 이동할 거야."

"근데 가나가와현은 여기서 멀잖아?"

"그렇게 멀지 않아. 정확히는 가나가와현에 속한 가와사키라는 곳인데 여기서 40분 정도면 갈 수 있대. 근데 아쓰미와 함께 왔다는 얘기는 안 했어. 그러니까 사람들이 눈치채지 못하게 우리 뒤를 따라와 줘."

그러면서 유타로는 가와사키로 가려면 다시 도쿄역으로 가서 도카이도선으로 갈아타야 한다고 알려 주었다.

"기숙사도 있대. 원룸이래."

"나도 같이 살 수 있을까?"

"당연하지. 문제없어."

유타로가 자신 있게 말해 줘서 안심했다. 사실 나는 용감하게 가출을 감행했지만 정처 없이 떠돌아다니는 생활을 할까 봐 내심 불안한 마음이었다.

"나 이제 갈게. 근처 물품 보관소에 넣어 둔 짐을 가져온다고 말했거든. 그리고 바로 도쿄역으로 출발할 거니까 잘 따라와."

나는 고개를 끄덕이고 가방을 챙겨 일어났다. 유타로는 사무실로 돌아갔다가 회사 담당자와 함께 건물에서 나왔다. 담당자는 유타로보다 키가 15센티 정도는 작아 보이는 깡마른 체격의 30대 남성이었다. 나는 그들을 앞질러 역으로 가서 가와사키행 열차표를 샀다. 그리고 곧바로 그들 뒤를 쫓았다.

신주쿠에서 주오센을 타고 다시 도쿄역으로 가서 지하도를 걷던 도중에 두 사람이 보이지 않았다. 내가 당황해서 어찌할 바를 모르고 있을 때, 누군가 등을 쿡쿡 찔러 뒤돌았다. 유타로가 무서운 얼굴을 하고 서 있었다.

"바짝 따라오라고 했잖아."

알고 보니 유타로는 나를 계속 확인하고 있었다.

"그 직원은?"

"화장실 갔어. 우리가 지금 가고 있는 회사 이름을 알려 줄게. '시모다기켄'이라는 곳인데 가와사키역에서 내린 다음 버스를 타고 가야 된대. 아쓰미는 역 카페에서 기다리고 있어."

내가 고개를 끄덕였을 때 그 담당 직원이 화장실에서 나왔다. 유타로가 나를 향해 익숙하지 않은 윙크를 보냈고, 나도 한쪽 눈을 깜박이며 답했다.

도쿄역 승강장으로 가서 도카이도선을 탔다. 승객이 별로 없어서 나는 두 사람과 멀지 않은 좌석에 앉을 수 있었다. 시계를 보니 오후 4시를 지나고 있었다. 배에서 꼬르륵 소리가 났다. 점심으로 달랑 주먹밥 하나를 먹었을 뿐이었다. 유타로가 줄곧 나한테 신경 쓰고 있는 것이 눈에 들어왔다. 담당자는 유타로 옆에서 이메일을 체크하느라 정신이 없었다. 이윽고 열차는 가와사키역에 도착했다. 도쿄역과 비교는 안 됐지만, 여기도 꽤 큰 역이었다.

유타로 일행은 개찰구를 빠져나가 동쪽 출구를 향해 걸어갔다. 그러다 도중에 발견한 푸드 코트 앞에서 유타로가 내 쪽을 보더니 턱을 치켜올렸다. 이 안에서 기다리고 있으라는 신호였다. 나는 고개를 끄덕이고 크게 손을 흔들었다. 그때 담당 직원이 이쪽을 돌아보는 바람에 도망치듯 푸드 코트 안으로 들어갔다.

푸드 코트는 중앙에 테이블들이 있고 벽 쪽으로는 음식점 점포가 죽 늘어서 있었다. 햄버거, 다코야키, 라면, 카레라이스 등등 내가 좋아하는 음식들이 잔뜩 모였다. 그 모습에 창피하게도 배에서 또 꼬르륵 소리가 났다. 유타로한테는 미안하지만 조금 이른 저녁을 먹기로 했다.

나는 고민 끝에 라면 코너로 가서 돈코츠라면을 주문했다. 그리고 입구 가까이에 있는 테이블에 앉아 후루룩 소리를 내면서 라면을 먹었다.

배가 부르자 슬슬 졸리기 시작했다. 나도 모르게 잠시 꾸벅꾸벅 졸다가 문득 눈을 떴다. 푸드 코트 안은 조금 전보다 훨씬 많은 사람이 북적대고 있었다. 시계를 보니 유타로와 헤어진 지 한 시간이 지났다. 아직도 볼일이 안 끝난 걸까?

가방에서 책을 꺼내 읽어도 집중할 수 없었다. 결국 책을 덮고 작게 기지개를 켰다. 그때 내 옆으로 멋을 부린 한 중년의 남자가 지나갔다. 문득 티롤 점장의 모습이 떠올랐다. 그러고 보니 점장한테는 아무 말도 없이 가게를 그만두게 돼 버렸다. 설령 가출하지 않아도 계속 일할 리는 없겠지만, 새로운 곳에서의 생활이 안정되면 연락해서 사정을 설명해야겠다고 생각했다. 그리고 엄마와 유미에게도 언젠가는 제대로 소식을 알릴 예정이었다. 나는 잘살고 있으니까 신경 쓰지 말라고 말이다. 실종된 아빠는 지금 뭘 하고 있을까? 어쩌면 아빠도 지금의 나와 같은 심정이었는지 모른다.

유타로는 7시가 넘어서 푸드 코트로 들어왔다. 셔츠는 구겨진 데다가 땀으로 젖어 있었지만, 눈빛은 반짝이고 있었다.

"채용됐어."

유타로가 테이블에 앉으며 말했다.

"계약직 파견 사원으로 시작해도 열심히 일하면 정규직이 될 수 있대."

"잘됐네."

"자동차 부품 공장에서 일하는 건 처음이지만, 특수 청소를 해 본 경력이 긍정적으로 평가받은 것 같아. 그런 궂은일에 비하면 조립 설비 작업은 완전 천국이라는 거 있지? 기숙사도 보고 왔어. 역에서 걸어서 7분 거리인데 깨끗한 원룸이더라고. 두 사람이 충분히 살 수 있는 곳이야. 오늘부터 바로 입주할 수 있대."

여기까지 말한 유타로는 배가 고팠는지 음식을 주문해야겠다며 일어섰다. 뭘 먹겠냐고 묻기에 피자라고 답했다.

"하루 종일 걸어 다녀서 배가 너무 고파."

유타로는 쟁반 위에 더블 치즈버거 세 개와 피자 특대 사이즈에 감자튀김 그리고 콜라를 들고 왔다. 그러고는 햄버거와 감자튀김을 불과 5분 만에 먹어 치웠다. 나는 유타로에게 내 피자를 나눠 주었다.

식사를 마친 유타로가 자리에서 일어섰다. 그러더니 이제 우리의 새로운 집으로 가자며 가방을 멨다.

"아쓰미한테 빨리 집을 보여 주고 싶어."

유타로가 재촉하는 바람에 서둘러 푸드 코트를 나왔다.

지하도에서 지상으로 올라가 잠시 걷다 보니 붉은 벽돌로 지어진 건물이 보였다.

"저기야. 어때, 꽤 멋지지? 역에서도 가깝고."

원룸은 역 앞에 늘어선 상가의 끝자락에 있었다. 그중 우리가 거주할 곳은 2층이었다. 먼저 계단으로 올라간 유타로가 현관문을 열었다. 방은 생각했던 것보다 넓고 청결했다. 원룸 안쪽에는 부엌이 있고, 맞은편은 욕실이었다.

"4평 정도라고 하던데. 둘이 살기에 충분하지?"

나는 고개를 끄덕였다. 방에는 텔레비전과 냉장고에 세탁기도 있었다. 더할 나위 없는 좋은 집이었다. 우리는 편안한 복장으로 갈아입었다. 텔레비전을 켜니 예능 프로그램이 방영되고 있었다.

"결국 와 버렸네."

갑자기 유타로가 나지막한 소리로 말했다.

"아쓰미, 정말 후회 안 해?"

나는 아무 말 없이 고개를 끄덕였다.

우리는 잠들 준비를 했다. 하지만 매트리스와 덮는 이불이 각각 한 개밖에 없었다. 어쩔 수 없이 나는 매트리스 위에 유타로는 덮는 이불에 누웠다. 유타로는 5분 후 코를 골기 시작했다.

오늘은 아침부터 먼 거리를 이동해 왔기에 무척 피곤했을 것이다. 나는 옆으로 누워서 자는 유타로의 얼굴을 관찰했다. 입을 딱 벌린 채 가슴을 천천히 위아래로 움직이는 모습이 마치 커다란 초등학생 같았다.

14

다음 날 아침, 눈을 떴을 때 유타로는 보이지 않았다. 내 옆에는 흐트러진 이불이 그대로 깔려 있었다. 나 역시 깊은 잠에 빠져 있었는지 그가 나가는 것을 전혀 알아채지 못했다. 시간을 확인해 보니 오전 9시였다. 나는 욕실 세면대 거울 앞에서 잠이 덜 깬 내 모습을 마주했다. 얼른 정신을 차리기 위해 세수와 양치질을 했다. 그리고 이불을 개키고 나서 텅 빈 방을 바라봤다. 먼지가 많은 것 같았다. 나는 아침밥도 먹지 않고 걸레질을 시작했다. 청소하는 김에 욕조와 변기도 깨끗하게 닦았다.

어느 정도 청소가 마무리되자 어제 입었던 옷을 세탁기 속에 던져 넣었다. 옷을 많이 들고 오지 않은 탓에 자주 세탁해야 했다. 잠깐 망설였지만, 유타로의 가방도 열어서 편의점 비닐봉지에 들어 있던 더러워진 양말과 속옷도 빨기로 했다.

빨래 건조대에 유타로의 팬츠와 나의 속옷을 함께 널었다. 마치 신혼집에서나 볼 수 있는 풍경 같았다. 나는 곧바로 장을 보러 가기로 했다. 첫 출근을 한 유타로에게 맛있는 음식을 만들어주고 싶었다. 게다가 저녁 준비 시간까지는 여유가 있어서 주변도 익힐 겸 산책도 하기로 했다.

역 앞 상가의 반대편으로 갔더니 식당보다는 술집이나 바와 같은 가게가 줄지어 있었다. 가게 입구에는 검은 옷을 입은 남자들이 서 있었는데 지나가는 나를 빤히 쳐다봐서 기분이 꺼림직했다. 나는 잰걸음으로 얼른 앞을 지나쳤다. 왠지 그 길은 계속 가도 이런 분위기일 것 같았다. 그래서 옆 골목으로 빠졌지만, 이곳도 비슷한 가게들로 꽉 차 있었다. 나는 결국 골목을 빠져나와 도로 쪽으로 걸었다. 그렇게 역 쪽으로 내려가고 있을 때 맞은편에서 젊은 여자가 걸어왔다. 나보다 나이가 네다섯 살은 많아 보이는 아름다운 여자였다. 그 여자는 짙은 화장에 짧은 미니스커트 차림으로 옷 속의 가슴을 당당히 드러내고 있었다. 그리고 아무런 망설임 없이 내가 조금 전 걸어 나왔던 골목으로 꺾었다. 나는 비록 시골에서 온 고등학생이지만, 이것으로 내가 방금 지나온 골목이 어떤 곳이었는지 알 수 있었다.

그날 저녁 6시가 조금 넘은 시각에 유타로가 배고프다며 집으로 돌아왔다. 유타로는 내가 오랜 시간 푹 끓인 소고기 카레를 한입 가득 우물거리며 회사에서 있었던 일을 이야기했다.

"공장에는 계약직으로 일하는 다른 나라 사람들도 있어. 물론 정규직도 있지. 근데 그들도 우리처럼 부품 조립 라인에서 작업해. 브레이크 부품을 조립하는 일인데 작업 속도가 엄청나게 빠르더라고. 역시 정규 직원은 다르구나, 하고 감탄했다니까. 내가 한 개를 조립하는 동안 세 개는 거뜬하게 하는 거 있지?"

"일은 힘들지 않았어?"

"힘들지 않았다고 말하면 거짓말이겠지만, 이제 막 시작한 거잖아. 아직 아무것도 몰라서 허둥대고 있다고나 할까? 앞으로 잘해야지."

"나도 아르바이트 찾아볼게."

"그 얘기 말인데……."

유타로는 카레의 마지막 한 입을 다 먹고 나서 물티슈로 입을 닦았다.

"솔직히 난 아쓰미가 집을 나온 것에 대해 죄책감을 느껴."

"왜?"

"아쓰미는 우등생이잖아. 지금까지 아무 문제없이 살아왔는데, 갑자기 내가 먼 곳까지 데려와서……."

"내 의지로 온 거야."

"여름 방학이 끝나면 아쓰미는 집으로 돌아가도 돼."

"그 말 진심이야?"

내가 눈을 치켜떴다. 유타로는 멋쩍은 듯 진심 아니야, 하고 중얼거렸다.

"난 아쓰미랑 함께 있고 싶어. 근데 나랑 있으면 아쓰미도 고교를 중퇴하게 되는 거니까."

"난 괜찮아."

"괜찮지 않아. 아쓰미는 나 같은 놈하고는 다르다고. 제대로 공부하면 의사나 변호사도 될 수 있을 만큼 머리가 좋아. 공부를 관두는 건 너무 아까워. 고교 중퇴자도 대학 입학시험을 칠 수 있는 방법이 있을까?"

"고졸 학력을 인증받으면 돼."

"그럼 아쓰미도 고졸 검정고시를 쳐 봐. 도노고 같은 학교를 졸업하는 것보다는 그쪽이 더 빠르잖아. 무엇보다 우리가 함께 있을 수 있고 말이야."

"그럼 유타로도 같이 검정고시 보자."

"나는 안 돼. 일하느라 시간이 없는 데다 원래 공부도 못하잖아. 아쓰미는 대학에 가서 꿈을 이루는 거야. 내 몫까지 해 줘. 생활비는 내가 부담할게."

"난 꿈 같은 거 없는데."

"꿈이야 가지면 되지."

"유타로는 꿈이 있어?"

"자동차 부품 공장에서 일하기 시작했으니까 장차 기술 좋은 정비사가 되고 싶다는 막연한 기대는 있어. 그래도 가장 큰 꿈은 아쓰미가 성공하는 거야. 그게 내가 사는 보람이니까. 난 그 꿈을 이루기 위해서 열심히 살 거야."

유타로의 말은 가슴 깊이 와닿았다. 나는 고맙다는 마음을 전하고 싶었지만, 제대로 말을 잇지 못했다.

"내가 일해서 뒷바라지할 테니까 아쓰미는 아르바이트 같은 거 안 해도 돼. 그게 아쓰미를 데려온 나의 책임이자 의무니까."

나는 아무 말 없이 고개를 끄덕였다.

그날 밤, 나는 좀처럼 잠들지 못했다. 유타로도 마찬가지였는지 옆에서 뒤척거리고 있었다.

"잠이 안 와?"

유타로에게 말을 걸었다.

"응. 왠지 모르겠지만."

"나도. 왜일까? 그저께랑 어제는 푹 잘 잤는데."

"뭔가 두려워."

나는 유타로를 바라봤다.

"오늘 아침에 처음으로 공장에 가 봤잖아. 막상 실제로 보니 작업장 안은 무지막지하게 넓고 사람들은 왜 그리 많은지. 부품이랑 기계 같은 것들도 널려 있고, 쾅쾅 철판 내리치는 소리가 공장에서 울리고 있는 거야. 아아, 앞으로 나는 이런 곳에서 살아가게 되는구나 생각했지. 그랬더니⋯⋯."

"청소 회사에 다닐 때도 두려웠어?"

"아니, 지금만큼은 아니었어. 처음에는 진짜 역겨운 작업이다 싶었지만, 금세 익숙해졌거든."

"그렇다면 공장 일도 금방 익숙해지지 않을까?"

"청소 회사는 아무래도 숙부 회사니까 내가 하고 싶은 방식으로 일할 수 있었어. 그리고 아르바이트한다는 느낌으로 했으니까 싫으면 관둘 생각이었지. 그렇지만 지금은 조금 두려워⋯⋯."

어쩌면 유타로가 두려운 이유는 내가 함께이기 때문일 것이다.

"유타로."

나는 손을 내밀었다.

"괜찮아. 아무것도 두려워할 필요 없어."

유타로가 내 손을 꽉 잡았다. 우리는 캄캄한 어둠 속에서 아무 말 없이 서로의 눈동자를 바라봤다. 그러다 그의 팔이 내 등을 감쌌고, 얼굴이 점점 가까워졌다. 두 입술이 겹쳤다.

15

⋮

아침에 출근하는 유타로를 신혼부부처럼 뽀뽀로 배웅했다. 해가 밝아 온 지 얼마 되지도 않았는데 벌써 매미가 울었다. 어젯밤 있었던 일이 머릿속에 떠올랐다.

나는 유타로와 연인 사이가 되었다. 함께 집을 나왔을 때부터 언젠가는 이렇게 될 거라 예상했지만, 그 일은 뜻밖의 순간에 일어났다. 나는 이제 유타로와 함께하겠다고 다짐했다. 그리고 유타로의 말대로 고졸 검정고시는 봐야겠다고 결심했으며 장래도 깊이 생각해 보기로 했다.

원룸을 나와 역의 동쪽 출입구로 향했다. 유타로와 저녁을 먹었던 푸드 코트를 지나 서쪽 출입구 쇼핑몰 지하에 있는 대형 서점으로 갔다. 여기서 검정고시 책을 살펴볼 생각이었다. 그래서 책을 봤는데 어려운 시험은 아닌 듯했다. 그때 문득 한 가지 의문이 들었다. 검정고시에 합격한 뒤에는 어떻게 하지? 고졸이라는 자격에 만족해도 괜찮은 걸까? 아니면 그보다 더 높은 목표를 잡아야 하나? 유타로라면 당연히 더 높이 올라가야 한다고 할 것이다. 하지만 고졸 검정고시 공부를 하면서 대학 준비도 함께하는 건 아무래도 힘들 것 같다. 아니다. 두 시험의 과목이 거의 같으니까 난도가 높은 대학 입시 쪽을 타깃으로 해서 공부하면 검정고시 준비는 저절로 될 수도 있다. 그러니까 대학에 진학할 의사가 있는지 없는지에 따라서 공부 방법도 달라지는 것이다. 고졸 검정고시는 8월 초에 시행되니까 지금으로부터 딱 1년 후에 볼 수 있다. 이 시험에 합격하면 그다음 해 1월에 대학 입학 시험을 치르고 원서를 내면 된다. 순간 몸이 떨려 왔다. 입시 난도가 높은 대학을 목표로 하는 학생들은 이미 고2 여름부터 시험 준비에 들어갔을 터였다. 나처럼 겁 없이 가출 같은 걸 할 여유가 없다.

그날 밤, 일을 마치고 귀가한 유타로에게 나의 계획을 이야기했다. 유타로는 몇 번이나 고개를 끄덕이며 들었다.

"그래. 아쓰미는 반드시 검정고시를 쳐서 대학에 가야 해. 근데 한 번에 두 개의 시험을 준비하는 건 아무래도 힘들지 않을까? 그냥 재수할래?"

"그럴 여유가 없잖아. 이왕 할 거면 현역으로 합격해야지."

"그야 그렇지만. 근데 아쓰미, 대학에서 뭘 전공하려고?"

나는 작게 숨을 들이쉬었다.

"의학부에 진학하고 싶어. 붙을지 어떨지는 모르겠지만."

나는 학교에 다닐 때도 이과 과목에 자신 있었고, 특히 생물과 화학 성적이 좋았다.

"드디어 마음을 정했구나."

유타로가 내 어깨를 잡고 흔들었다. 나는 유타로를 마주 보고 고개를 끄덕였다.

"그래도 사립대에 다닐 형편은 안 되니까 국립대 의학부에 가거나 장학금 주는 곳을 목표로 하고 싶어."

"사립대 학비는 내 월급만으로는 무리겠지. 그래도 입시 학원비 정도는 댈 수 있을 거야."

"당분간은 독학할 생각이야. 하다가 안 되면 그때 가려고. 그래서 말인데, 나 아무래도 아르바이트하는 게 좋을 것 같아."

유타로가 무서운 얼굴로 고개를 좌우로 흔들었다.

"그런 건 나한테 맡겨 둬."

유타로가 일하는 회사인 시모다기켄의 시급은 1,300엔이었다. 3주간의 수습 기간이 끝나면 파견 사원에서 계약 사원으로 승격된다. 능력이 인정되면 시급도 올라간다.

"부자는 아니지만 그렇게 가난한 것도 아니잖아."

"그래도……."

"아쓰미는 열심히 공부만 하면 돼. 이 집에서 우리는 충분히 같이 살 수 있어."

"알았어. 그렇게 할게."

그제야 유타로는 고개를 크게 끄덕였다.

"아쓰미라면 꼭 의사가 될 수 있을 거야. 그렇게 결심해 줘서 정말 기뻐. 아아, 오늘 밤에도 좋아서 잠이 안 올 것 같아."

유타로는 내 목표가 정해진 것을 마치 자기 일처럼 기뻐했다.

일을 시작한 지 일주일 정도 지났을 때였다. 유타로의 근무 시간은 야간으로 전환됐다. 시모다기켄 공장은 원래 주야 2교대 근무였는데, 주말을 지나 월요일부터 주간에서 야간 근무로 바뀐 것이다. 그렇기에 유타로는 월요일 낮에 자두지 않으면 체력적으로 힘들 텐데도 제대로 쉬려 하지 않았다.

"일요일 밤부터 계속 잘 수는 없어. 괜찮아."

유타로는 월요일 저녁 8시경 공장으로 출근했다. 그리고 집으로 돌아온 것은 다음 날 아침 8시였다. 그는 피곤한 얼굴로 집에 들어서자마자 샤워도 하지 않은 채 바닥에 드러누웠다. 눈꺼풀 아래로 짙은 다크서클이 보였다. 나는 그의 머리 아래에 베개를 밀어 넣고 그대로 푹 쉬도록 해 주었다. 저녁때까지 계속 자는 것을 보면 어지간히 피곤한 모양이었다. 그러다 오후 6시쯤 유타로를 흔들어 깨웠다. 다시 일하러 가야 할 시간이었다. 유타로는 잠에서 덜 깬 듯 눈을 비비며 욕실로 향하더니 곧 비명을 질렀다. 나는 놀라 샤워실로 뛰어갔다. 유타로는 찬물로 샤워하고 있다며 떨리는 목소리로 말했다.

"일하다가 졸지 않으려면 몸에 자극을 줘서 활력을 불어넣어야 하거든."

나는 아침도 점심도 먹지 않은 유타로를 위해 충분한 양의 식사를 준비했다. 그는 샤워를 마치고 나와 제육볶음을 게걸스럽게 먹기 시작했다.

"어제는 새로운 자리에 배치되는 바람에 익숙하지 않은 일을 한 데다 졸음이 엄청나게 쏟아지는 거야. 결국 나 때문에 기계가 몇 번이나 멈췄어. 그래서 충분히 자고 오라고 선배한테 혼나기까지 하고……."

"힘들겠다."

"걱정하지 마. 난 혼나는 거에 익숙하니까. 그리고 같은 실수는 절대 반복하지 않아. 오늘은 잠도 푹 잤으니 근무 시간에 꾸벅꾸벅 졸지 않을 거야."

유타로는 식사를 마치자마자 집을 나섰다. 새로운 기계에 익숙해지기 위해 일찍 공장에 가서 기술을 연구하고 싶다고 했다. 그리고 다음 날 귀가했을 땐 더 이상 피곤한 얼굴이 아니었다.

"기계를 이용해서 샤프트*를 가공하는 작업인데, 요령을 터득했으니까 문제없어."

유타로는 잡초처럼 씩씩했다. 하지만 야간 근무 날이면 유타로와의 대화가 줄어드는 것이 조금 아쉬웠다. 내가 깨어 있는 동

---

* 회전 또는 직선 왕복 운동으로 동력을 전달하는 둥근 막대 모양의 기계 부품

안 유타로는 계속 잠을 잤기 때문이다. 물론 아침에 귀가할 때면 나에게 포옹해 줬지만, 10분 후에는 코를 골며 잠들었다. 여전히 야간은 무척 힘든 것 같았다. 나는 아침밥도 못 먹을 만큼 피곤해서 뻗어 버리는 유타로를 안쓰럽게 바라보며 집안일과 공부에 열중했다. 가끔 그의 옆에 나란히 누워 잘 때도 있었지만, 완전히 녹초가 돼서 잠든 유타로는 내가 곁에 있다는 것조차 모르는 것 같았다.

나는 티롤 점장에게 짧은 편지를 썼다. 갑자기 그만둔 것에 대한 무례함을 사과했을 뿐, 그 밖의 불필요한 말은 전혀 쓰지 않았다. 그리고 아직 엄마와 동생에게는 연락하지 않았다. 이제 어느 정도 생활이 잡히고 장래 목표도 분명해졌으므로 연락하고 싶은 마음이 들었지만, 자꾸 주저하게 됐다.

그러다가 유타로가 출근한 후 마음먹고 전화기를 들었다. 번호를 누르자 발신음이 몇 번 울리더니 이윽고 수화기 너머로 익숙한 목소리가 들려왔다. 유미였다.

"여보세요? 도대체 언니 어디에 있는 거야?"

유미는 비난하는 어조로 묻고 있었다. 나는 가와사키에 있는 친구네 집에서 있으니 걱정할 필요 없다고 답했다.

"메모만 남겨 놓고 갑자기 집을 나가 버리다니. 엄마가 언니를 찾으려고 안 다닌 데가 없어. 도대체 무슨 생각하는 거야?"

동생이 화내는 것도 당연했다.

"언니도 아빠도 자기 하고 싶은 대로 살면 남은 나랑 엄마는 어떡하란 거야? 버림받은 거잖아. 엄청나게 충격받았다고."

"유미, 미안해. 나도 내 인생이란 게 있어."

"그건 너무 이기적이잖아. 언니뿐만 아니라 나도 내 인생이 있어. 그래도 나는 도망가지 않아. 이 집에 계속 있을 거야. 안 그러면 엄마 혼자 외톨이가 되잖아. 그건 너무 불쌍해."

유미가 거칠게 쏘아붙였다. 지극히 당연한 말이었다. 나는 뭐라고 답할 수 없었다. 그때 주변으로 웅얼거리는 소리가 들리나 싶더니 또 다른 목소리가 들려왔다.

"아쓰미? 아쓰미니?"

엄마였다.

"어, 엄마."

"도대체 어디 있는 거니? 내가 얼마나 찾아다녔는데. 도대체 왜 연락 안 한 거야?"

"엄마, 죄송해요."

나는 그제야 엄마도 잘 아는 나의 소꿉친구 사이조 유타로와 함께 가와사키의 원룸에서 살고 있다고 알렸다.

"그게 무슨 말이야? 자세히 설명해 봐."

엄마의 목소리가 한층 거칠어졌다. 문득 속이 메스껍더니 위가 찌릿찌릿 아팠다.

지금까지 있었던 일을 설명하는 데 한 시간 가까이 걸렸다. 엄마는 내가 이야기하는 도중에 몇 번이나 되물었다. 나는 그때마다 처음부터 다시 설명해야만 했다.

"엄마는 납득할 수 없지만, 오늘은 일단 끊을게."

나는 오랜 시간 이어진 힘겨운 통화가 끝나자마자 화장실로 달려갔다. 그러고는 위 속에 있던 모든 것을 토했다. 엄마와 유미가 나를 향해 쏟아 낸 비난의 말들이 귓가에 맴돌았다. 하지만 그들도 결국 나의 가족이었다. 가출한 나를 걱정해 주고 있었다.

그날 밤은 한숨도 못 잤다. 일을 마치고 온 유타로가 수척해진 내 얼굴을 보고 무슨 일이냐며 물었다. 나는 유타로에게 가족과 통화한 내용을 이야기했다. 그는 심각한 표정을 지었다.

"그렇지만 내 결심은 바뀌지 않을 거야. 유타로의 생각도 듣고 싶어. 우리 미래를 어떻게 생각하고 있는지."

"그야……."

유타로가 자세를 고쳐 앉았다.

"이런 얘기하는 거 이를지도 모르겠지만, 나는 우리 관계에 대해 진지하게 생각하고 있어. 사실 정규직이 되면 말하려고 했어. 나 평생 아쓰미를 책임질 생각이야."

"정말?"

"물론이지. 어떻게든 열심히 돈을 벌어서 아쓰미가 계속 공부하도록 할 거야. 잘난 척하려는 건 아니야."

살짝 가슴이 뛰었다.

"고마워, 유타로……."

유타로와 대화한 후 마음이 놓인 탓인지 졸음이 몰려왔다. 우리는 바닥에 이불을 깔고 나란히 누웠다.

"사실 나 조금 전에 걱정했었어."

유타로가 내 얼굴을 쳐다보며 말했다.

"아쓰미가 집에 돌아가야겠다고 말할까 봐."

우리는 둘 다 웃음을 터뜨렸다.

"유타로가 함께 있지 않았다면 난 집으로 돌아갔을 거야."

"나도 아쓰미가 없었으면 벌써 공장 그만두고, 다시 집으로 갔 겠지."

"일 많이 힘들어?"

"아니."

유타로가 내 머리를 툭 쳤다.

"인생에는 목표가 필요하다는 얘기야. 난 아쓰미와 함께 사는 게 목표니까 열심히 일해야지."

"나도 유타로와 이렇게 같이 있고 싶어. 그러니까 엄마랑 동생 한테는 미안하지만, 절대 집으로 돌아가지 않을 거야."

"만약 아쓰미가 돌아가더라도 내가 다시 데려올 건데?"

아침 햇살이 커튼 틈으로 새어 들어와 방바닥 위를 비췄다. 유 타로가 햇빛을 피하듯 돌아누우며 나를 마주했다. 낡은 에어컨 에서 들려오는 기계음과 힘찬 매미의 울음소리도 그가 곁에 있 으니 기분 좋은 자장가처럼 느껴졌다. 나는 눈을 감고, 부디 이 행복이 계속되길 신께 기도했다.

16

。
。
。

그 이후에도 엄마와 몇 번 더 통화했지만, 같은 대화가 반복될 뿐이었다.

"만약 우리가 성인이었다면 아무 문제없을 텐데. 아직 학생이라서 걱정하는 걸 거야. 나는 착실하게 일하고, 아쓰미도 열심히 공부하고 있잖아. 게다가 우리 서로의 미래까지 생각하며 진지하게 사귀고 있는 거니까 그 누구에게도 떳떳해."

유타로의 말은 일리가 있었다.

"엄마가 고교 중퇴는 절대 용서 못 한대."

"그래서 검정고시를 치는 거잖아. 애당초 그 학교 졸업장은 아쓰미도 기쁘지 않을걸? 출신 고등학교의 이름을 듣는 순간 기업들은 분명 채용을 망설일 거야. 뭣 하러 굳이 그런 학교를 졸업해야 해? 우리가 다니던 그 고등학교는 빨리 폐교해야 한다니까."

　우리가 가출한 지 한 달이 지났을 무렵이었다. 유타로는 순조롭게 파견직에서 계약직이 됐다. 월급이 많은 건 아니지만 그렇다고 결코 적은 편도 아니었다. 토요일에도 출근하고, 한 달에 30시간 이상 잔업을 하면 월수입이 30만 엔 가까이 됐다. 물론 거기에서 월세와 전기세 등을 내야 했지만, 두 사람이 생활하기에는 충분했다.

　유타로는 계속 입시 학원에 가라고 권했다. 나는 그의 눈 밑에 자리 잡은 다크서클이 신경 쓰여 아직은 독학으로 충분하다고 얼버무렸다. 게다가 내가 계속 공부할 수 있도록 어쩌고 하면서 말했지만, 유타로도 분명 자기가 하고 싶은 일이 있을 터였다.

　"지금 공장에서 하는 작업은 자동차 정비 공부에 도움이 되는 거긴 하지?"

　어느 날 내가 갑작스럽게 질문하자 순간 유타로의 눈동자가 흔들리는 걸 느꼈다. 유타로는 이내 고개를 끄덕이더니 말했다.

　"응, 그런대로⋯⋯. 그런데 난 딱히 자동차 정비사가 되고 싶은 게 아니야. 어쩌다 자동차 관련 공장에서 일하게 돼서 막연히 정비사가 되면 좋겠다고 생각했을 뿐이야."

　"그럼 장차 뭐가 되고 싶은데?"

　"정비사! 난 머리가 나빠서 사무적인 건 절대 못 하니까. 평소 좋아하던 오토바이와 차 관련 일이 잘 맞을 것 같긴 해."

"그렇다면 지금 다니는 회사에 고용된 게 잘된 일인 거네."

"음……. 그보다 아쓰미, 정말로 입시 학원에 안 다녀도 돼?"

"고졸 검정고시는 굳이 학원에 가지 않아도 괜찮아."

"그럼 의학부 시험은 어떻게 할 건데?"

"그건 아직 1년 넘게 남았잖아."

"너무 무리하지 마."

"유타로야말로."

"난 무리하지 않아. 적당히 놀면서 일하고 있어. 아, 맞다. 다음 주 일요일에 바비큐 파티 초대받았는데, 아쓰미도 같이 갈래?"

유타로의 설명에 따르면, 함께 일하다 친해진 사람들이 다마가와 강변에서 바비큐 파티를 하기로 했는데 자신도 초대받았다는 것이었다.

"우리가 여기에 온 후로 어디 놀러 간 적이 없어서 기분 전환하기 좋을 것 같아. 다마가와가 어떤 곳인지 가 보고 싶지 않아?"

나는 유타로의 직장 동료 사람들도 만나고 싶은 마음에 따라가기로 했다.

바비큐 파티 당일인 일요일은 공교롭게도 날씨가 흐렸다. 유타로의 직장 동료 중 고바야시 씨가 자동차로 우리를 데리러 왔다. 나이는 30세 초반 정도로 보였는데, 이마가 조금 벗겨졌으며 온화한 성격의 남성이었다.

"유타로 군한테 이렇게 예쁜 여자 친구가 있었다니."

고바야시 씨는 룸 미러로 나를 힐끔힐끔 쳐다보며 목적지를 향해 운전했다. 다마가와는 집에서 30분 정도의 거리였다. 고바야시 씨가 자동차 트렁크에서 음료수가 든 아이스박스를 꺼냈고, 유타로는 그것을 받아 어깨에 짊어졌다.

"벌써 다들 와 있는 거 같은데요?"

강변 쪽에서 유달리 햇볕에 그을린 피부색을 한 사람이 우리를 향해 손을 흔들었다. 유타로가 앞장서고 나와 고바야시 씨가 그 뒤를 따라갔다.

근처에 다다르자, 사람들이 화기애애한 분위기 속에서 자기소개를 시작했다. 거기에 맛있는 음식 냄새가 나서 고개를 돌리니 숯불 위에 소시지가 산더미처럼 쌓여 있었다. 유타로는 그 옆에서 맥주를 마시며 사람들과 대화를 나눴다. 누군가가 나에게도 맥주를 권했지만 거절했다.

"유타로는 꽤 인기가 많아."

고바야시 씨가 나에게 콜라를 건네주며 말했다.

"젊은 사람이 하기에는 단순한 작업이라서 솔직히 유타로도 금방 관둘 줄 알았어. 근데 예상과는 다르게 열심히 하더라고. 저렇게 직원들과도 친해지고 말이야."

고바야시 씨는 유타로와 마찬가지로 파견 사원을 거쳐 계약 사원이 되었다고 했다.

이윽고 갓 구운 소시지가 접시에 담겨 왔다. 나는 군데군데 검게 눌어붙은 소시지 하나를 입에 넣었다. 매콤하고 씹히는 맛이 훌륭했다.

유타로는 몇몇 사람들과 축구를 시작했다. 그들은 공을 다루는 솜씨가 뛰어났지만, 유타로도 지지 않았다.

"유타로는 좋은 사람이야. 저렇게 사람들과 마음을 나눌 수 있는 건 유타로뿐이지."

유타로가 상대 수비를 뚫고 골을 넣었다. 주위에서 함성이 나왔다. 서로 끌어안고 즐거워하는 걸 보고 있자니 마음이 따뜻해졌다.

"고바야시 씨는 앞으로 정규직이 될 때까지 계속 이 회사에 계실 건가요?"

그러다 문득 궁금증이 생겼다.

"음, 모르겠네."

고바야시 씨는 구름 사이로 쏟아지는 눈 부신 햇살에 눈을 가늘게 떴다.

"정규직이 되면 보너스도 나오고 월급도 오르니까 지금보다 나을 수 있어. 하지만 아직은 주변에서 정규직이 된 사람을 본 적이 없어. 오히려 정년까지 같은 자리에서 작업해야 할지도 모르는 상황이지. 실제로 그런 사람도 있고. 게다가 우리는 아무리 경력이 쌓여도 시급이 오르지 않아."

나는 밝고 쾌활한 분위기 속에서 함께 바비큐 파티를 하고 있음에도 기분이 점점 어두워지기 시작했다.

"계약 사원이 되더라도 어차피 외부에서는 파견 직원 취급을 받아. 당연히 공장 내에서도 하청 노동자라고 불리지. 아무도 우리의 이름을 제대로 기억해 주지 않아. 예를 들면 12 조립 F2 라인의 두 번째 사람 혹은 번호로 인식되는 거지. 무엇보다 직원들이 자주 교체돼서 이름을 하나하나 외우고 있을 여유가 없기도 하고 말이야. 정규직 사원들은 일을 마치고 귀가할 때도 우리한테 수고하라는 인사 한마디 없어. 함께 일하는 동료라는 생각 자체가 없는 것 같아."

그때 땀에 젖은 상의를 탈의한 유타로가 내 이름을 부르며 손을 흔들었다.

"같이 축구하자."

"응, 지금 갈게."

천만다행이었다. 계속 고바야시 씨의 이야기를 듣고 있다가는 의기소침해져서 휴일을 망치게 될 것 같았다.

공을 차는 건 오랜만이었지만, 몸이 기억하고 있었다. 내가 드리블하며 나아가자, 사람들은 눈을 동그랗게 떴다. 그러다 마침내 골을 넣었을 때는 모두가 나를 안고 볼에 키스해 주었다. 유타로는 그런 우리를 못마땅한 얼굴로 쳐다봤다.

이윽고 해가 서쪽으로 기울고 바비큐 파티는 끝이 났다. 고바야시 씨가 고맙게도 자동차로 우리를 집까지 데려다주었다. 차에서 내렸을 때 빗방울이 톡톡 떨어지기 시작했다. 우리는 서둘러 집으로 들어왔다. 그리고 방 한쪽에 짐을 풀었다.

"아쓰미, 아까 무척 재미있게 얘기하고 있던데?"

그때 유타로가 뒤에서 나를 꽉 끌어안았다. 고바야시 씨와의 대화를 말하는 것 같았다.

"재미있진 않았어. 좋은 사람인 것 같긴 하지만."

"무슨 얘기한 거야?"

나는 바비큐 파티에서 고바야시 씨가 한 이야기를 들려주었다. 유타로가 착잡한 표정을 지으며 잠시 입을 다물었다.

"고바야시 씨는 내가 처음 일을 시작했을 때 작업에 관해 많이 가르쳐 줬어. 친절하고 좋은 사람이지. 단, 의욕이 부족하다 싶을 때가 있긴 하지만."

나는 고개를 끄덕였다.

"내가 서른 살이 됐을 때 고바야시 씨와 같은 상황이라면 조금 비참할 것 같아. 왜냐하면 그는 나와 시급이 같거든. 작업 속도도 내가 더 빨라. 새로운 일도 나는 금방 익히지만, 그는 사흘이나 걸려. 좋은 본보기가 되는 직원은 아니야."

"그렇지? 고바야시 씨한테는 미안하지만 서른이 넘어서까지도 저러면 노력 부족이라는 말을 들어도 어쩔 수 없을 것 같아."

하지만 요즘 같은 사회에서 고바야시 씨와 같은 사람을 단순히 노력 부족이라고 평가해서는 안 된다는 것을 머지않아 뼈저리게 느껴야만 했다.

17

:

9월이 되었다. 우리 둘이 함께 살기 시작한 지도 한 달 반이 지나고 있었다. 유미한테서 엄마가 내 퇴학 신청서를 냈다는 이야기를 전해 들었다. 그리고 고등학교 입학시험을 보기 귀찮다며 자기도 학교를 그만두고 싶다고 계속 투덜거렸다. 만약 대학에 가고 싶어지면 나처럼 검정고시를 치면 된다고 생각하는 것 같았다. 그럴 때마다 의무 교육만은 제대로 받아야 한다고 타이르고는 있지만, 나도 그 이상 말할 입장은 아니었다.

"근데 엄마는 계속 반대하는 중이야. 절대 언니를 흉내 내면 안 된다는 거 있지?"

유미의 깊은 탄식이 전화기 너머로 들려왔다.

"나한테 엄마를 억지로 떠맡기고, 언니는 하고 싶은 거 할 수 있어서 좋겠다. 아빠도 그렇고."

"엄마를 떠맡기다니……. 참, 엄마 일자리는 어떻게 됐어? 아직도 구하지 못한 거야?"

"아니, 얼마 전부터 백화점 지하에서 반찬 만드는 일을 하고 있어. 계속 서 있어야 해서 허리가 아프다며 매일 불평이야. 그래서 난 엄마 다리를 마사지해 주면서 용돈을 벌지."

여전한 모녀 관계에 절로 미소가 지어졌다.

"다시 말하지만, 언니만 하고 싶은 대로 하다니. 난 원치 않는 책임을 떠맡는 중이라고."

"유미도 중학교를 졸업하면 가출할 각오가 돼 있는 거니?"

내 말에 전화기에서 들려오던 목소리가 뚝 끊겼다.

"그만큼 마음을 단단히 먹는다면 내가 도와줄 수 있어."

"글쎄. 난 언니처럼 가출을 권유하는 남자 친구가 없어서……."

유미는 갑자기 말을 얼버무리기 시작했다. 이러니저러니 해도 엄마 없이는 살아갈 수 없는 유미였다. 분명 나와 엄마 중 어느 한쪽을 고르라고 하면 조금의 망설임도 없이 엄마를 고를 게 뻔했다. 나는 계속 투덜거리기만 하는 유미와 참을성 있게 통화해 준 뒤 전화기를 내려놓았다. 그리고 문제집을 꺼내 낭비한 시간을 만회하겠다는 각오로 기출문제를 풀기 시작했다.

고교를 중퇴한 사람이 독학으로 국립대 의학부에 들어가겠다는 건 자칫 무모해 보일 수도 있는 일이었다. 하지만 나는 꾸준

히 노력하면 가능하리라고 믿었다. 시끄러운 학교 교실에서 입시
와 관련 없는 수업을 듣는 것보다는 오히려 내 방식으로 독학하
는 편이 훨씬 더 효율적이었다. 나는 매일 오전 두 시간, 오후 세
시간, 총 다섯 시간씩 꾸준히 공부하고 있었다. 참고서가 아닌
문제집으로 공부하면서 풀지 못하는 문제는 너무 깊이 생각하지
않고 바로 해답을 확인했다. 전날 배운 것은 다음 날 반드시 복
습했고, 당일 배운 내용도 다시 살펴봤다. 이렇게 세 번을 반복
해서 풀어도 여전히 잘 이해가 안 되는 문제는 별도로 시간을 투
자해서 풀었다. 또 월말에는 한 달 동안 공부한 내용을 종이에
정리해서 그려 놓기도 했다.

유타로의 잔업은 9월이 되자 더욱 늘었다. 눈 밑의 다크서클도
만성화가 되었는지 도저히 17세의 나이로는 보이지 않았다.

"괜찮다니까. 나 원래 나이 들어 보이는 얼굴이잖아."

내가 걱정스러워하자 유타로는 웃으며 말했다.

9월 하순경, 고바야시 씨가 회사를 그만두었다. 바비큐 파티에
초대해 준 사람들도 대다수가 관뒀다고 한다. 불과 한 달 전만
해도 함께 일한 동료들이었는데, 그 빠른 변화에 나는 깜짝 놀
라고 말았다.

"고바야시 씨는 다른 회사의 파견 사원으로 이직했대. 이번에
는 정수기 만드는 회사래."

"정수기라면 지금이랑 전혀 다른 분야잖아. 자동차에 관해 잘
아시니까 그 분야의 회사로 이직하시는 게 좋을 텐데."

유타로가 어깨를 움츠렸다.

"그 대신 신입이 여섯 명이나 들어왔더라고. 솔직히 작업장은 직원이 너무 많으면 일하기 힘들어져. 그래서 오늘도 기계가 멈춰 버렸어. 공장 책임자가 아무리 가르쳐 줘도 안 되는 직원들을 신속하게 파악해서 다른 작업으로 이동시켜야 하는데, 그런 직원을 발견하더라도 그냥 방치하는 경우가 많아. 오히려 같은 라인 직원들이 연대 책임을 져야 한다면서 나처럼 오래 일한 선배 직원들만 추궁한다니까."

유타로가 회사에 대해 푸념을 늘어놓은 건 이때가 처음이었던 것 같다. 하지만 그 당시 나는 유타로가 얼마나 힘들게 고생하고 있는지 제대로 알지 못했다.

"하긴, 내가 투덜거릴 입장은 아니지. 나도 처음 작업을 시작했을 때 주변에 민폐를 많이 끼쳤으니까."

"그래. 처음에는 못하는 게 당연하니까 선배 입장에서 참을성 있게 가르쳐 주는 게 좋아. 그러면 결국 모두가 편해지잖아."

아무것도 모른 채 천진난만하게 말하는 나를 보며 유타로는 말없이 고개를 끄덕일 뿐이었다. 유타로가 열심히 일한 덕분에 9월에는 꽤 많은 월급을 받을 수 있었다.

월급날이 되었다. 유타로는 나에게 고급스러운 레스토랑에 가자고 우겼다.

"왜? 가끔은 괜찮잖아."

"유타로가 벌어다 준 돈은 너무 소중해서 낭비하고 싶지 않아.

난 집밥으로도 충분해. 패밀리 레스토랑이라면 가도 좋지만."

유타로를 위해서 한 말이었는데, 정작 당사자는 납득하지 못하는 것 같았다.

"패밀리 레스토랑이라고? 아쓰미는 비싼 요리 같은 거 먹고 싶지 않아?"

"고기 요리라면 내가 집에서도 만들 수 있어. 레스토랑의 5분의 1 비용으로 충분히 맛있게 요리할 수 있거든."

"아니, 그런 문제가 아니라……."

"그럼 유타로가 정규직이 되면 가자. 내가 검정고시 합격했을 때 가도 좋고. 그때까지는 우리 열심히 저금하자."

유타로는 주간 근무에서 야간 근무로 바뀔 때마다 여전히 힘들어했다. 이것만은 몇 번을 해도 익숙해지지 않는다며 불평하기도 했다. 더군다나 이른 아침 잔업까지 더 늘었다. 아직 교대 근무에 적응도 못 했는데 12시간 가까이 작업을 강요당한 것이다. 결국 정오 직전에야 집에 와서 죽은 듯이 곯아떨어지는 날들이 이어졌다.

그러던 어느 날, 야간 근무를 하러 간 유타로한테서 전화가 걸려 왔다.

"집에 서류를 두고 온 것 같아."

방을 아무리 살펴봐도 서류처럼 생긴 건 보이지 않았다. 그러다가 전날 유타로가 입었던 재킷 주머니 속에서 회사 마크가 찍

흰 갈색 봉투를 발견했다.

"맞아, 그거야. 오늘 일정표. 아쓰미, 미안하지만 지금 회사로 가져다줄 수 있어?"

"응, 알았어."

나는 저녁 8시경 집을 나왔다. 가와사키역 주변은 퇴근하는 회사원들로 붐비고 있었다. 동쪽 출구에서 유타로가 전화로 알려준 공장 쪽으로 가는 버스를 탔다. 도로를 따라 10분 정도 달리다 보니 창밖 풍경이 확 달라졌다. 별이 반짝이는 하늘을 배경으로 공업 지대의 우뚝 솟은 거대한 공장들은 마치 SF 영화에서 나올 법한 미래 도시 같았다. 이런 곳에서 길을 잃으면 영영 빠져나오지 못하는 건 아닌가 싶어 순간 등골이 오싹해졌다. 이 공단 안에서 유타로가 일하는 공장을 무사히 찾아낼 수 있을까?

하지만 그건 쓸데없는 걱정이었다. 내가 내린 버스 정류장 바로 앞이 시모다기켄 공장이었기 때문이다. 게다가 동네에서 흔히 볼 수 있는 작은 공장일 거라 예상했는데 어마어마한 규모에 압도당했다. 나는 공장 간판을 자세히 보며 여기가 진짜 시모다기켄이 맞는지 몇 번이나 확인했다.

유타로는 정문에 있는 경비실에 서류를 맡겨 달라고 부탁했었다. 그러나 순찰이라도 돌고 있는 건지 경비실에는 아무도 없었다. 나는 머뭇거리다가 정문으로 들어갔고, 주차장 쪽에서 "아쓰미!" 하고 부르는 소리를 들었다. 지난여름 다마가와 강변에서 함께 축구했던 사람 중 아직 이 공장에 남아 있는 직원들이었다.

"이거 사이조 유타로한테 전해 주시겠어요?"

"유타로? 오케이, 오케이."

그들은 나를 공장 안으로 데리고 가려고 했다.

"전 괜찮아요. 이 봉투를 전해 주기만 하면 돼요."

사람들은 내 말을 듣지 못한 듯 계속해서 팔을 끌어당겼다. 유타로는 공장 안은 위험하니까 들어오지 말라고 미리 주의를 했었다. 하지만 나는 하는 수 없이 그들과 함께 공장으로 들어갔다.

공장 안에서 가장 먼저 눈에 띈 것은 천장에 매달린 수많은 표어였다. '안전제일' '익숙한 작업도 다시 확인' '품질이 생명'과 같은 짧은 문구들이 적혀 있었다. 그리고 안쪽으로 들어가자 기름 내가 풍겼다. 여기저기서 울리는 시끄러운 금속음으로 고막도 터질 것 같았다. 곧이어 죽 늘어선 긴 테이블이 나타났고, 사람들이 그곳에 선 채로 작업 중인 모습이 보였다. 이것이 유타로가 말하던 조립 일인 것 같았다. 맨 끝에 있는 사람이 기계에 부품을 넣어 가공한 것을 옆 사람에게 넘겼다. 그러면 그 사람이 부품에 다른 조각 부품을 부착시켜서 또다시 옆으로 넘기는 식이었다. 그렇게 부품이 차례대로 조립되어 반대쪽 끝에 다다랐을 때는 제품이 완성됐다. 다들 아무 말 없이 작업에 집중하고 있었다. 마치 그들도 기계의 일부 같았다. 부품이 쉼 없이 밀려오기 때문에 작업을 대충 하다간 일이 멈춰 버릴지도 몰랐다. 레일 끝에는 전광판이 있었다. '생산' '실적' '진도'라고 적힌 옆에 오렌지색으로 빛나는 숫자가 시시각각 바뀌었다. 나는 그것이 뭔가 싶어 유심히 바라보았고, 잠시 후 그 구조를 겨우 이해하게 되었다. '생산'은 할당받은 작업량을 나타내며 거의 일정한 간격으로 증가했지만, 실제로 작업자가 생산하는 '실적'은 들쑥날쑥했다. 그리고 '진도'는 작업자가 할당받은 작업량을 기준으로 했을 때 실제로 생산해 내는 실적이 더 많은지 적은지를 나타내는 것 같았다. 진도가 마이너스가 되면 그 레일 책임자로 보이는 사람이 속도를 내라고 소리를 질렀다. 다들 마이너스가 되지 않도록 바짝 긴장해서 일하고 있었다. 그 분위기가 나한테까지 전해졌다.

유타로는 네 번째 라인에서 기계를 덜커덩덜커덩 움직여서 부품을 가공하고 있었다. 작업이 한 단계 마무리되자 유타로는 땀을 닦았다. 하지만 곧바로 조금 전 다른 라인에서 소리 지르던 책임자가 나타나서 유타로를 라인 맨 앞으로 데리고 갔다. 유타로는 내가 바로 곁에 와 있는데도 알아차리지 못하는 것 같았다.

라인 맨 앞에는 작업에 어려움을 겪고 있는 직원이 있었다. 유타로가 그를 도와주자, 라인이 다시 가동되기 시작했다. 잠시 후일의 흐름이 되살아났다. 유타로는 다시 원래의 자리로 돌아갔다. 기계가 또 시끄러운 소리를 내며 움직였다. 유타로가 왜 공장 안으로 오지 말라고 했는지 알 것 같았다. 나는 근처에서 휴식 중이던 직원에게 유타로가 부탁한 서류를 맡기고, 그곳을 빠져나왔다. 공장을 벗어나 한참이 지나도록 시끄러운 기계음이 귓가를 울렸다.

18

"유타로, 잔업을 좀 더 줄일 수는 없는 거야?"

공장에 서류를 가져다준 날로부터 며칠이 지난 시점이었다. 나는 더 이상 참을 수 없어 정오쯤 야근을 마치고 돌아온 유타로에게 물어보았다.

"뭐? 글쎄, 줄일 수는 있겠지만……."

유타로가 소파에 털썩 걸터앉았다. 그러고는 하품하며 눈을 비볐다. 평소 같으면 푹 자도록 내버려두었겠지만, 나는 말을 계속 이었다.

"도대체 하루에 몇 시간이나 일하는 거야? 이건 너무 이상해."

"어, 이상하지."

유타로는 소파에 아예 드러누웠다.

"혹시 유타로를 만만하게 보고 막 이용하고 있는 거 아니야?"

유타로가 감으려던 눈을 다시 떴다.

"그냥 자기 일만 하면 되잖아. 다른 사람들 작업까지 도와줄 필요는 없어. 뭐든지 정도라는 게 있잖아."

유타로가 몸을 일으켜 소파에 앉더니 나를 가만히 바라봤다. 그제야 나는 지난번 서류를 전해 주러 갔을 때 유타로가 일하는 모습을 보았다고 고백했다.

"그렇구나. 그걸 본 거였구나. 사실은 지난여름부터 계속 그런 작업을 하고 있었어."

"이제 슬슬 다음 단계로 넘어갈 수는 없는 거야?"

"다음 단계? 라인 이외의 작업 말인가? 난 하청 노동자라서 그건 아무래도 무리일 거야."

순간 파견 사원은 언제까지나 하청 노동자로 불린다고 전에 고바야시 씨에게서 들었던 게 기억났다.

"정규직이 되면 다른 일을 맡을지도 모르겠지만, 솔직히 말해서 난 여기를 벗어나는 상상을 해 본 적이 없어."

"그럼, 정규직이 되려고 그렇게 열심히 일하는 거야?"

"솔직히 처음에는 그런 생각을 한 적도 있었지만, 지금은 아무 생각이 없어. 왜 일하냐고 물으면 거기에 일이 있으니까, 라고 답하는 수밖에. 부품이 쉴 새 없이 계속 넘어오니까 쓸데없는 잡생각을 하고 있을 여유가 없거든."

"유타로, 나도 아르바이트해야겠어. 패스트푸드점이라든지 편의점 같은 곳에서는 얼마든지 일할 수 있으니까. 유타로는 조금 쉬는 게 좋을 것 같아."

"난 그다지 피곤하지 않아."

"강한 척하지 마. 나 때문에 무리할 필요 없어."

"그렇지만 내가 일을 그만두면 이 집에서 쫓겨나게 될 거야. 게다가 내 시급은 1,300엔이야. 편의점 아르바이트는 800엔 정도밖에 안 되잖아."

"그럼 내가 공장에서 근무할게. 여자도 고용해 주잖아."

"바보 같은 소리 하지 마. 시험은 어쩌려고?"

"포기할 거야. 난 시험 때문에 집을 나온 게 아니니까."

"말도 안 되는 소리 좀 그만해!"

유타로의 고함에 나는 순간 멈칫했다.

"아쓰미는 그런 어정쩡한 마음으로 의학부 시험을 칠 생각이었던 거야? 그렇다면 절대 합격할 리 없어."

"하지만 난 유타로의 건강이 걱정돼서……."

내가 울먹이며 대꾸하자, 험악했던 유타로의 얼굴이 순식간에 온화해졌다.

"잘못했어, 아쓰미."

유타로가 나를 천천히 끌어안았다.

"아쓰미가 어떤 심정인지 잘 알면서 화내서 미안해."

"나야말로 미안해. 유타로가 나를 위해 고생하는 것도 모르고, 그런 식으로 말해서."

유타로는 나를 더욱 꽉 안았다.

"아쓰미, 기억나? 우리 고1 때 말이야. 내가 바보 같은 짓만 하고 다녀서 학교에서 정학을 받았었거든. 그때 나랑 사귀던 여자 친구가 같이 노래방에 가자고 어찌나 우겨대던지. 결국 끌려가다시피 나가는데, 집 앞에서 아쓰미와 우연히 마주쳤었잖아."

"아, 그 금발 여학생?"

유타로가 고개를 끄덕였다.

"그때 아쓰미는 우리 집에 학교 프린트물을 주러 온 참이었어. 그런데 집 앞에서 마주친 내게 아무 말 없이 프린트물을 건네고는 내 여자 친구를 쳐다보는 거야. 째려보는 것도 아니고 그냥 조용히 지긋하게 바라보더라고. 난 반사적으로 여자 친구의 손을 뿌리치고 말았어. 나만큼이나 불량스러웠던 그 애는 '뭐야, 쟤' 하는 표정으로 아쓰미를 노려봤지만, 너는 전혀 동요하지 않더라. 그때 아쓰미의 단정하게 일자로 자른 머리카락에서는 샴푸 향이 났고, 민낯인데도 예뻤어. 반대로 여자 친구는 금발로 염색한 머리와 너구리 같은 눈 화장을 하고 있었지. 나는 그날 왠지 나 자신이 무척 창피하더라. 그래서 다음 날 바로 여자 친구와 헤어졌어. 아쓰미는 옛날 그대로인데 나는 점점 타락하고 있는 듯한 느낌이 들었거든."

그때의 기억이 되살아나면서 가슴이 아파 왔다. 나는 분명 유타로의 여자 친구에게 질투하고 있었다.

"그전까지 우린 서로를 계속 무시해 왔었지만, 그날을 계기로 아쓰미와 어린 시절처럼 자연스럽게 대화할 수 있는 사이로 되돌아가고 싶어졌어. 그래서 나쁜 짓도 그만두려고 했는데 2학년이 되니까 또 내 주변으로 나쁜 애들이 서서히 모여들더라. 정신을 차려 보니 내가 그 무리의 리더가 됐더라고."

"그래도 유타로가 나한테 먼저 말을 걸어 줬잖아. 그때 얼마나 기뻤는데."

"고2가 되도록 여전한 나 자신의 어리석음에 진절머리가 나더라고. 그렇지만 이제 아쓰미 덕분에 제대로 일하고 있잖아? 난 아쓰미가 꿈을 꼭 이뤄 주길 바라. 그니까 시험 포기한다는 소리는 더 이상 하지 말아 줘."

그날 밤은 좀처럼 잠이 오지 않았다. 낮에 유타로와 나누었던 대화가 머릿속에서 빙글빙글 맴돌았다. 유타로는 선잠을 잔 뒤 곧바로 또 일하러 나갔다. 앞으로 그 공장에서 계속 근무해도 자동차 정비와 관련된 공부에 도움이 되지 않는다는 건 전문가가 아닌 나조차도 알 수 있었다. 이제 정비사가 되고 싶다던 유타로의 말은 신뢰할 수 없었다. 유타로는 자신의 꿈이 아닌 내 꿈이 이루어지길 바라고 있는 것 같았다. 그렇다면 나는 어떻게든 대학에 입학해서 의사가 되겠다고 다짐했다. 앞으로 잠자는 시간도 줄이고 쓸데없는 생각도 하지 말아야 했다. 최대한 노력하지 않으면 고교 중퇴자가 독학으로 국립 대학 의학부에 합격하는 건 거의 불가능한 일이었다. 생각이 차츰차츰 정리되어 갔다. 나는 이불에서 나와 불을 켰다. 그리고 잠자리에 들기 전에 덮었던 수학 문제집을 다시 펼쳤다. 곧바로 방정식을 풀기 시작했다.

19

그날은 이전부터 유타로가 눈여겨봐 두었던 고급 레스토랑에 와규 숯불구이를 먹으러 가기로 한 날이었다. 여태 허리띠를 졸라매며 생활했지만, 매일 힘든 일을 하는 유타로가 맛있는 고기를 먹고 기력을 되찾기를 바랐다. 유타로는 엄청난 식욕을 자랑하듯, 특상 품질의 갈비와 등심 고기를 눈 깜짝할 사이에 먹어 치웠다. 내가 만들어 주던 저렴한 다진 고기로 만든 요리로는 역시 부족했던 모양이었다.

"유타로, 앞으로는 월급날에 레스토랑에서 외식하자."

유타로는 비빔밥을 한입 가득 먹으면서 고개를 끄덕였다. 나도 모르게 유타로의 그런 모습에 미소가 지어졌다.

"숯불구이 레스토랑에서 일하는 것도 좋지 않을까?"

갑자기 유타로가 이런 말을 했다.

"바빠 보이기는 하지만 맛있는 것에 둘러싸여서 좋은 냄새도 맡을 수 있고, 분위기도 활기차잖아."

문득 유타로가 일하는 공장을 방문했을 때의 기억이 되살아났다. 찌든 기름 냄새와 금속 부딪히는 소리가 시끄럽게 울려 퍼지고, 사적인 대화도 없이 모두가 묵묵히 작업만 하던 그곳은 인간성이라고는 찾아볼 수 없는 삭막한 공간이었다.

"근데 아르바이트 시급은 아무래도 공장에 비해 적겠지?"

"유타로가 하고 싶은 걸 해. 시급이 높고 낮은 건 상관없어."

"어, 내가 또 이상한 소리를 했네. 미안, 신경 쓰지 마."

우리는 약속한 대로 다음 월급날에도 외식을 했다. 이번에는 내 취향대로 초밥집을 선택했다. 몇 년 만에 먹어 보는 초밥은 너무나 맛있었다. 그렇게 한 달에 단 한 번 누리는 작은 사치를 기대하며 유타로와 나는 바쁜 나날을 보내고 있었다. 유타로의 잔업은 늘어났고, 나는 그를 기다리는 동안 잠시도 문제집을 손에서 놓지 않았다.

그런 생활이 끝을 맞이하게 된 건 11월의 어느 날이었다. 미국의 한 증권 회사가 파산하면서 그 여파가 일본의 자동차 부품 공장에까지 미치게 되었다고 한다. 이에 따라 유타로를 비롯한 계약 사원들이 해고되었다.

"이게 말이 돼? 노예처럼 실컷 부려 먹었으면서 필요 없어지니까 이런 식으로 내쳐?"

유타로의 분노는 가라앉을 기미가 보이지 않았다. 계약 사원 동료들과 해고를 철회해 달라고 공장 측에 요구했지만 헛수고였다. 파견 회사를 찾아가 봤지만, 이번 일은 해당 공장의 문제라며 유타로를 상대해 주지도 않았다. 유타로를 포함한 하청 노동자들이 고용 조정 역할을 담당하고 있었다는 사실은 나중에 밝혀졌다. 그들은 정규직 사원들의 생활 보장과 공장의 이익을 위해 언제든지 희생될 수 있는 처지였다. 문득 아빠 생각이 났다. 유타로처럼 공장에서 해고당하고 증발해 버린 아빠는 어디서 무엇을 하고 있을까?

"파견 회사에 다른 일자리는 없냐고 물어봤는데, 지금은 전 세계적으로 불경기라서 일할 곳이 없다는 거야. 이 원룸도 바로 빼줘야 한다고 했는데, 겨우 말해서 다음 달 말까지는 살 수 있어. 대신 월세는 기존의 40퍼센트 직원 할인을 적용해 줄 수 없다면서 100퍼센트 다 내라는 거 있지? 어휴, 더러워서!"

유타로는 아침부터 공장과 파견 회사를 갔다 왔다. 그리고 집에 오자마자 내뱉듯 말했다.

"유타로, 생각하기 나름이야. 이번 기회에 일을 좀 쉬고 몸을 돌보는 게 어때?"

"지금 그런 느긋한 소리를 할 때가 아니야. 12월 말이 되면 우리가 살 집도 없어진다고. 새해를 길거리에서 맞이할 생각인 거야? 얼어 죽을지도 몰라."

"나도 일자리를 구할게."

"안 돼. 내가 아무리 멍청해도 국립대 의학부 합격이 얼마나 어려운지 정도는 잘 알아. 아쓰미가 똑똑한 건 인정하지만, 학원도 안 다니고 독학으로 들어가려면 정말 죽을힘을 다해야 한다고. 편의점에서 아르바이트해 봤자 어차피 용돈 정도밖에 못 벌 텐데, 그럴 시간 있으면 공부에 집중해. 돈은 내가 어떻게든 해 볼 테니까."

나는 그 말에 대꾸하려 했지만, 어쩔 수 없이 말을 삼키고 말았다. 이 문제에 있어서 유타로는 한 치의 양보도 없었다. 그렇게 유타로는 11월 말까지 일하고 마지막 월급을 받았다. 그런 뒤 바로 직업소개소로 향했지만, 쉽게 일자리를 구할 수 없었다.

"거기에 갔더니 사람들이 엄청 많더라. 중년, 노년뿐 아니라 나처럼 젊은 녀석들도 꽤 있었어. 한참 동안 기다린 끝에 겨우 면접을 봤는데, 글쎄 담당자가 고교 중퇴에 기술이랑 경험도 없는 젊은이들은 살아가기 힘든 세상인데 고등학교 정도는 어떻게든 졸업했어야지, 이러는 거야. 그런 설교를 늘어놓더니 결국에는 나한테 맞는 일자리가 없다더라고. 그래서 내가 일자리가 없으면 처음부터 분명하게 말했어야지, 이렇게 고함치고 나와 버렸어. 이제 거기에 다시는 못 갈 거야."

저녁 무렵 집으로 돌아온 유타로는 울분을 토하는 듯한 표정으로 소파에 털썩 걸터앉았다.

"유타로, 조금 쉬는 게 좋을 것 같아. 지금까지 쉬지 않고 일해 왔잖아."

"이제 3주 정도 지나면 이 집에서도 쫓겨나잖아. 모아 놓은 돈 도 이번 달 월세를 내면 거의 바닥인데 쉴 여유가 어디 있어?"

"그렇지 않아. 돈은 아직 조금 남아 있어. 그니까 우리 영화라 도 보러 가자. 그게 싫으면 피시방, 노래방이라도 좋아."

유타로가 두 손으로 얼굴을 감쌌다. 기름때로 검게 물든 손톱 은 비누로 아무리 씻어도 사라지지 않았다.

"하긴, 내가 요즘 너무 초조해하는 것 같긴 해. 기분 전환 하 는 것도 좋을지 모르겠네. 그러고 보니 같이 피시방이나 노래방 에 가 본 적이 한 번도 없었구나. 우리는 계속 일하고 공부하느 라 바빴었지."

유타로가 힘없이 웃었다. 나는 유타로의 팔을 잡고 일으켜 세 웠다. 그를 빨리 평범한 10대의 학생 모습으로 되돌리고 싶었다.

오후 5시, 크리스마스 분위기가 물씬 풍기는 거리를 유타로와 팔짱을 끼고 걸었다. 우리 주변의 수많은 커플도 행복한 미소를 짓고 있었다.

나는 유타로와 노래방 간판이 보이는 곳으로 들어갔다. 사실 나는 지금까지 한 번도 이런 곳에 와 본 적이 없었다. 유타로는 익숙한 손놀림으로 최신 유행곡을 선곡했고, 나는 고등학교에 다닐 때 유행했던 발라드를 골랐다. 그리고 닭튀김이랑 피자를 주문했는데 요리가 나오기도 전에 노래를 부르기 시작했다.

유타로의 노래 실력은 매우 훌륭했다. 바이브레이션도 수준급이었다. 이어 내가 마이크를 넘겨받아 노래를 불렀다. 유타로가 장기 자랑하는 것 같다며 웃었다.

"원래 이런 곡이야."

나는 유타로를 노려봤지만, 내가 음치인 건 잘 알고 있었다.

"아쓰미도 못하는 게 있었구나. 노래방에 오자고 해서 노래도 엄청나게 잘하는 줄 알았더니."

"뭐야? 누구나 못하는 게 있는 법이잖아. 로봇이 아닌 이상."

"난 아쓰미가 로봇이 아닐지 진지하게 의심했었거든."

내가 뾰로통한 표정을 짓자, 유타로가 폭소를 터뜨렸다. 오랜만에 보는 예전 유타로의 미소였다.

유타로가 맥주를 주문하더니 나보고도 마셔 보라며 권했다. 태어나서 처음으로 맛본 맥주는 쓰고 끔찍했다. 맥주를 단숨에 들이켠 유타로의 텐션은 더욱 올라갔다. 노래방 기계에서 다양한 장르의 곡이 흘러나왔다. 유타로는 반주에 맞춰 열창했는데 공장에서 표정 없이 과묵하게 일하던 모습과는 전혀 달랐다.

노래를 부르고 나니 또 배가 고파졌다. 우리는 야키소바와 소시지 요리를 추가로 주문했다. 내가 노래를 부르는 동안 유타로는 야키소바를 후루룩거리며 단번에 먹어 치웠다. 노래방 시간도 다 돼서 계산대로 가서 시간을 연장했다. 두 번째 연장했을 때는 이미 밤 8시가 넘은 시각이었다. 나는 처음 마신 맥주 탓에 어질

어질했고, 유타로는 결국 목이 쉬었다. 다시 간주가 나왔다. 유타로가 '그저 보고 싶어서'를 불렀다. 그걸 본 내 눈동자는 어느새 촉촉해졌다. 나는 유타로에게 왜 그런 노래를 부르냐고 물었다. 유타로는 아무 말 없이 나를 끌어안았다. 그의 품에 파고든 건 오랜만이었다. 노래방 복도를 지나가던 손님들이 우리를 쳐다보고 있다는 걸 알았지만 신경 쓰지 않았다.

"서로를 이렇게나 좋아하는데 왜 그동안 몰랐던 걸까?"

"너무 바쁘고, 피곤해서 그랬겠지."

"아쓰미, 너무 좋아. 내 마음이 이상해……."

내 뺨이 화끈거렸다. 잠시 후, 유타로가 내 팔을 잡아끌더니 집에 가자고 속삭였다. 나는 고개를 숙인 채 가볍게 끄덕였다.

그렇게 우리는 노래방을 나오자마자 집으로 뛰어갔다. 그러고는 마음이 닿도록 안았다. 서로가 이렇게 마음을 드러내는 건 처음인 듯했다.

20

유타로는 깊게 잠이 들었다. 다음 날 정오가 될 때까지도 이불 속에서 나오지 않았다. 그러다 마침내 이틀 후부터 다시 일자리를 구하러 나섰다. 그동안 쌓인 피로가 풀렸을 거로 기대했지만, 다시 다크서클이 진한 모습을 보고 놀랐다. 계속 잠만 자고 밥을 먹지 않아서 그런 것 같았다.

"먹고 싶지 않아. 노래방에서 실컷 먹었잖아."

내가 식사를 권할 때마다 유타로는 고개를 저었다.

"그건 이틀 전이잖아. 밥을 안 먹으면 기운을 차릴 수 없어."

"괜찮아. 먹고 싶어지면 빵이라도 사 먹을게."

결국 유타로는 아무것도 먹지 않은 채 외출했다. 그리고 저녁에 집으로 돌아왔을 때는 캔맥주와 과자가 담긴 편의점 봉지를 들고 있었다.

"유타로, 술 많이 마시는 거 아니야? 아직 열일곱 살이잖아."

"괜찮아. 이제 술 마시는 것도 익숙해졌으니까."

유타로는 앉자마자 캔맥주를 따서 그대로 마시기 시작했다.

"안 마시고는 견딜 수 없단 말이야."

유타로는 일자리를 전혀 구할 수 없는 현실이 너무나도 괴로웠던 것이다.

"도대체 이해가 안 돼. 나도 공장에서 어른들이 하는 만큼 많은 일을 했다고. 심지어 나한테 조립에 관해 문의하러 오는 어른들도 있었는데……. 그럴 땐 어른 취급을 하면서 술 마실 때만 너는 아직 어리니까 주스나 마시라는 건 솔직히 이상하지 않아? 아쓰미한테 하는 얘기가 아니야. 이 현실이 그렇다는 거야."

유타로가 눈을 게슴츠레하게 떴다.

"애초에 왜 우리가 희생돼야 하는 거야? 일만 해 온 사람들한테 갑자기 나가라니. 이게 말이 돼? 지금은 불경기라 어쩔 수 없다고? 불경기를 초래한 건 너희들이잖아! 그러니까 너희들이 책임져. 우리는 공장에서 부품 조립만 하고 있었을 뿐 아무런 잘못도 하지 않았단 말이야!"

유타로가 두 번째 캔맥주를 땄지만, 나는 더 이상 아무 말도 하지 않았다.

"아쓰미, 반드시 의사가 돼야 해. 이 세상은 성공해야만 사람답게 살 수 있으니까."

"응, 꼭 의사가 될 거야. 하지만 그 이유가 돈 때문이라거나 성공하고 싶어서라기보다는 병에 걸려 괴로워하고 있는 사람들을 도와주기 위해서야."

"넌 여전히 우등생이구나. 하기야 모든 의사가 돈 생각만 한다면 무서운 세상이 되겠지."

"우리는 지금 돈 때문에 힘겨워하고 있지만, 유타로도 자신만의 꿈을 가졌으면 좋겠어. 힘든 시기는 곧 지나갈 거야. 유타로도 장래에 대해 차분히 생각해 봐. 내가 마음 편한 소리 한다고 생각할지 모르겠지만, 이건 유타로를 위해서 하는 말이야."

유타로는 아무 말 없이 맥주를 마셨다.

"일하면서 기술도 향상할 수 있는 직장이 있다면 좋을 텐데. 숙련공은 불경기에도 끄떡없을 테니 말이야. 단순 육체노동이 아니라, 어엿한 기술자가 되는 그런 일을 찾고 싶어."

"그러게."

"문제는 그게 어렵다는 거야."

유타로가 다 마신 맥주 캔을 손으로 찌그러뜨렸다.

"시모다기켄 공장에 입사했을 때도 자동차 구조를 자세히 배울 수 있을 거로 기대했는데 전혀 그렇지 않았잖아. 그곳은 누구나 할 수 있는 일거리밖에 없었어. 그런 공장이 아니라 대기업 같은 곳에 들어가려면 대학을 졸업해야 한다고."

"그렇지만도 않아. 대기업까지는 아니더라도 거기보다 훨씬 나은 곳이 있을지도 모르잖아."

유타로는 잠시 생각에 잠겼다.

"그럴지도. 난 낙오자로 사는 게 참을 수 없을 정도로 싫어. 반드시 제대로 된 직장을 구해 스카우트를 받을 정도로 성공해서 보란 듯이 되갚아 주고 싶어."

"그래, 바로 그 패기야."

"아쓰미, 고마워. 이야기하다 보니 왠지 힘이 나는 거 같아. 솔직히 나도 시모다기켄 공장 같은 절망스러운 작업장 속 분위기에 어지간히 질려 있었거든. 그렇지만 내가 일할 곳이라고는 그곳뿐인 것 같아서 단념하고 있었던 거야. 이제는 타협하지 않겠어. 돈이 없어서 길바닥에 가더라도 납득할 수 있는 일만 하겠다는 마음가짐으로 도전할 거야."

"맞아. 시험공부는 집이 없어도 충분히 할 수 있어. 내 걱정은 하지 마."

다음 날부터 유타로는 또 일자리를 구하러 다녔다. 다행인 건 이전보다 안색이 좋아지고, 집에 돌아온 뒤에도 푸념이 줄었다는 점이다. 나의 경우에도 불안한 상황이지만, 여전히 공부했다. 검정고시 문제집은 이미 한 번 다 훑어본 후였다. 시험은 내년 8월이고 합격 발표는 9월 초 무렵이다. 무사히 합격한다면 고등학교에 다니는 것보다 7개월이나 빨리 고졸과 동등한 학력을 손에 넣을 수 있었다. 게다가 검정고시가 끝나면 드디어 대학 입학시험이 반년 앞으로 다가온다. 아무래도 이쪽의 진입 장벽이 훨씬 더 높을 터였다. 제대로 된 모의시험을 쳐 본 적이 없었기에 내 수준을 정확하게 몰랐다. 그래서 계속 공부하는 수밖에는 달리 방법이 없었다. 유타로가 연말까지도 일을 못 구하고, 결국 집이 없어진다고 하더라도 도서관은 누구나 이용할 수 있을 테니까 이를 적극적으로 활용할 생각도 해 뒀다.

크리스마스이브는 아침부터 쾌청한 날씨였다. 유타로한테서 진화가 온 것은 오전 11시경이었다.

"아쓰미, 뭔가 잡을 수 있을 것 같아."

"일자리 말이야?"

"응. 건설 현장인데, 부품 공장과 달리 여러 기술을 배울 수 있나 봐. 그리고 열심히 하면 나중에 현장 감독도 될 수 있대."

유타로의 목소리는 흥분돼 있었다.

"굉장하다. 드디어 해냈네."

"그래서 지금 당장 현장으로 가야 해. 야마나시 쪽이라서 여기랑 꽤 멀어. 거기서는 조립식 주택에서 지내게 해 준대. 갑작스럽게 결정해서 미안해. 그렇지만 여기보다 조건이 좋은 곳은 찾기 힘들 것 같아. 그리고 작업 내용도 흥미로워서 마음에 들어. 현장일이 끝나면 바로 돌아갈게."

유타로가 멀리 가 버리는 건 잠깐이긴 하지만 왠지 불안했다. 그래도 내색은 하지 않았다.

"괜찮아. 내 걱정은 하지 마."

"미안해. 일단 연말에는 돌아갈 수 있다고 하니까, 그때 우리가 앞으로 어떻게 살지 자세히 얘기하자. 돈은 아직 남아 있지? 그거 전부 아쓰미가 써도 돼. 난 거기 가면 수당이 나오거든."

"응, 알았어."

"아쓰미, 직원들이 불러서 가 봐야겠다. 또 연락할게. 크리스마스 혼자 보내게 해서 미안해."

내가 미처 대답하기도 전에 전화가 끊어졌다. 뚜뚜, 하는 기계음만이 귓가에 울렸다. 홀로 보내는 크리스마스는 무척 쓸쓸했지만, 유타로가 만족할 만한 일자리를 구했다는 사실만큼은 무척 기뻤다. 이브 날 유타로와 함께 만들어 먹을 음식 재료를 사러 나가려던 찰나에 전화를 받아서 다행이었다. 그날 밤은 혼자서 컵라면을 후루룩거리며 영어 문제집을 풀었다. 하지만 지금쯤 야마나시 건설 현장에 갔을 유타로 생각에 좀처럼 공부에 집중할 수 없었다.

다음 날인 크리스마스에 다시 유타로에게서 연락이 왔다.

"야마나시현 최대 규모의 리조트 호텔을 짓는 중이야. 건설 현장이 무지막지하게 크고, 일하는 사람들도 엄청 많아. 공사 기간이 빠듯해서 너무 바쁘네……."

오늘도 유타로의 목소리는 활기찼다. 지금 자신의 일이 얼마나 근사한지를 계속 강조했다. 나는 잘됐네, 하고 몇 번이나 맞장구쳤다.

"일이 많아서 바빠도 부품 공장처럼 같은 일을 반복하는 게 아니라 새로워. 배울 것도 많아서 노트에 메모해야 할 정도라니까."

"학교 수업 시간에는 늘 졸기만 했는데. 그치?"

전화기 너머에서 웃음소리가 흘러나왔다.

"역시 공부는 중요하다니까. 실제 작업에 직결되는 공부라면 더욱더 그렇고."

그때 누군가가 '사이조!' 하고 부르는 소리가 들렸다.

"미안, 그만 끊을게. 너무 바빠서. 또 전화할게. 29일에는 돌아갈 테니까 걱정하지 마. 너무 무리해서 공부하지 말고."

그러고는 전화가 끊겼다. 유타로는 회사 번호를 알려 주지 않았고, 나도 묻는 걸 깜빡했다. 번호는커녕 유타로가 일하는 회사 이름조차 알지 못했다.

그리고 나는 이때 회사를 묻지 않았던 걸 나중에 크게 후회했다.

21

:

그날 이후, 유타로에게서는 연락이 오지 않았다. 처음에는 괜찮았다. 건설 현장이 바쁘겠다고 생각한 데다 29일에는 집에 온다고 했기 때문이다. 그러나 29일이 돼도 유타로는 돌아오지 않았다. 뭔가 이유가 있어서 늦어지는 거라면 미리 연락 정도는 할 수 있을 터였다. 나는 도저히 견딜 수 없어 결국 집을 나섰다. 역으로 가서 개찰구로 나오는 수많은 사람을 뚫어져라 쳐다봤다. 그렇게 30분 정도가 지났다. 이번에는 다른 환승역 개찰구로 가보았다. 역시 그곳에서도 유타로의 모습은 찾을 수 없었다. 문득 집을 비운 사이에 전화가 왔을지도 모른다는 생각이 들었다. 나는 무작정 집으로 달려갔다. 하지만 집은 조용했다. 도대체 어떻게 된 일일까. 분명 29일이라고 했는데, 혹시 내가 잘못 들은 걸

까? 아니면 29일쯤이라는 느낌으로 말한 것일 뿐 정확한 날짜는
정해지지 않았던 걸까?

　이불을 펴고 누웠지만 좀처럼 잠이 오지 않았다. 유타로가 곁
에 없는 밤은 오늘로 벌써 6일째였다. 혼자 누워 있으니 바닥의
찬 기운이 몸 전체에 오롯이 느껴졌다. 내일은 유타로가 꼭 돌아
오기를 기도하며 담요를 가슴까지 끌어당겼다. 다음 날인 30일,
유타로한테서는 여전히 연락이 없었다. 나는 기분 전환을 위해
도서관에 가기로 했다. 유타로에게 연락이 닿지 않은 뒤로 공부
에 집중할 수 없었지만, 환경을 바꾸면 이전의 집중력을 회복할
지도 모른다는 생각이 들었다.

　도서관에는 테이블 위에 참고서랑 노트를 펼쳐 놓고 필기하
는 학생들이 많았다. 내년에 고등학교나 대학 입학시험을 치르
는 사람들인 것 같았다. 나도 그들과 같은 테이블에 앉아서 문제
집을 풀기로 했다. 주변을 둘러보니 모두 공부에 몰두하고 있었
다. 그래서인지 자연스레 공부에 집중할 수 있었다. 게다가 옆에
앉은 학생이 좀처럼 집에 갈 기미가 보이지 않아서, 나 또한 지기
싫은 마음에 열심히 영어 단어를 외웠다. 그 학생이 자리에서 일
어난 것은 이미 해가 진 뒤였다. 학생의 엄청난 공부량을 옆에서
직접 보고 나니, 새삼 마음을 다잡을 수 있었다. 순간 배에서 꼬
르륵 소리가 났다. 나도 짐을 챙겨 도서관을 나왔다. 그러고 보
니 점심도 거른 상태였다. 역으로 가는 방향에서 먹음직스러운
냄새가 솔솔 풍겨 왔다. 하지만 내가 집을 비운 사이 돌아온 유

타로가 '아쓰미, 늦어서 미안해' 하며 웃는 얼굴로 안아 줄 거라는 생각에 사로잡혀 서둘러 집으로 향했다.

나는 종종걸음으로 집 앞에 도착했다. 그런 뒤 두근거리는 가슴을 진정시키며 현관 손잡이를 돌렸다. 문은 굳게 잠겨 있었다. 다시 스스로 문을 열었다. 집을 나설 때와 똑같은 상태의 아무도 없는 쓸쓸한 방이 나를 맞이했다. 답답한 마음에 방 창문을 활짝 열고 실내를 환기했다. 하늘은 검게 어두웠다.

'유타로, 왜 돌아오지 않는 거니. 도대체 어떻게 된 거야? 나 혼자 있는 거 너무 외롭고 불안해. 빨리 돌아와 줘……'

초겨울의 찬바람이 불어와 커튼이 나풀거리는가 싶더니 이내 몸이 으스스 떨렸다. 나는 창문을 닫고 다시 생각을 정리했다. 내일모레는 이 집에서 나가야 한다. 집을 나간 뒤에는 어떻게 할 건지, 어디로 갈 건지 모두 유타로와 의논해서 정할 생각이었다. 그런데 왜 유타로는 연락조차 없는 걸까?

다음 날은 한 해의 마지막 날이었다. 나는 아침 일찍 일어나 이사 준비를 했다. 우선 유타로의 옷을 가방에 꽉꽉 채웠다. 내 짐도 옷뿐이라 단출하게 싸 두었다. 그런 다음 짐들을 역에 있는 물품 보관소에 넣은 뒤 집으로 돌아와 청소를 시작했다. 그다지 크지 않은 원룸이라서 간단한 청소만으로도 깨끗해졌다. 그날도 유타로한테서는 아무런 연락이 없었다. 예정대로 이사 날이었지만, 그에게 알리지 않고 떠나기는 싫었다. 일단 집을 나가면 다시 만나기는 어려울 것 같았다. 애초에 나는 갈 곳이 없었으니까.

고민 끝에 일단은 며칠 더 이 집에 머물기로 마음먹었다. 원룸을 임대하고 있는 파견 회사나 관리자가 연말에 우리를 내쫓으러 일부러 오지는 않을 거로 생각했기 때문이다. 해가 질 때까지 마음이 조마조마했다. 하지만 예상대로 원룸을 찾아오는 사람은 없었다. 나는 텔레비전을 보면서 쓸쓸하게 한 해를 넘겼다.

새해 첫날도 원룸에 머물렀다. 그러다 조금의 기대를 안고 역으로 갔다. 역 주변으로 사람들이 넘쳐 나고 있었다. 그들은 친구 혹은 연인끼리 왁자지껄 떠들었다. 하지만 열차에서 내리는 사람 중 유타로의 모습은 없었다. 그대로 집으로 돌아가고 싶지 않아서 신사로 새해 첫 소원을 빌러 가기로 했다. 나는 마음을 다잡고 열차에 올라탔다. 열차 안은 출퇴근 시간대만큼이나 혼잡했다. 그렇게 다른 사람들 속에 섞인 채 목적지까지 갔다. 이내 열차가 다음 역에 도착했고, 무리를 따라 신사로 들어섰다. 그런 뒤 인파를 헤집고 나아가 본당에 500엔짜리 동전을 던져 넣고 두 손을 모았다. 소원은 단 하나, 유타로가 빨리 돌아오게 해 달라는 것이었다. 소원을 빌고 난 뒤에는 지체 없이 뒤돌아섰다. 축제 분위기가 넘치는 이곳에 더 이상 머물고 싶지 않았기 때문이다. 그러나 막상 사람들에게서 멀어지자 말할 수 없는 고독감이 밀려왔다.

나는 울고 있었다. 역을 향해 가는 발은 무거웠다. 맞은편에서 걸어오던 엄마 손을 잡은 다섯 살 정도의 여자아이가 내 얼굴을 뚫어져라 쳐다보았다. 이럴 시간이 없었다. 나는 다시 빠르게 걸었다. 유타로가 돌아왔을지도 모른다는 희망을 안고 집으로 향했다. 하지만 집 안에는 역시 아무도 없었다. 어느새 눈물이 말라붙어 얼굴에 지저분한 얼룩을 남겼다.

다음 날도 그다음 날도 계속해서 집에 머물렀다. 쓸데없는 생각을 하지 않으려고 오로지 공부만 했다. 그렇게 새해가 된 지 사흘이 지났다. 나는 집을 나갈 각오를 했다. 하지만 역 주변을 떠날 생각은 없었다. 이 지역에 머무르면 언젠가는 유타로와 다시 만날 수 있을 거라 굳게 믿었다. 그래서 현관문에 낮에는 늘 도서관에 있다는 메시지를 붙여 놓았다. 그리고 집을 나왔다.

나는 낮에는 도서관에서 공부하고, 밤에는 피시방의 딱딱한 의자에 앉아 잠드는 나날을 보냈다. 그리고 시간이 날 때마다 컴퓨터로 야마나시의 리조트 건설 현장을 닥치는 대로 검색해 회사에 직접 유타로에 관해 물었지만, 소식은 없었다. 며칠 후에는 돈이 거의 바닥나 잠잘 곳을 피시방에서 24시간 영업하는 패밀리 레스토랑으로 바꿔야 했다. 도서관에서 공부를 마치면 반드시 살던 원룸에 들러 노크하는 것도 잊지 않았다. 그런 일을 반복한 지 2주일 정도 지난 어느 날이었다. 내가 여느 때와 같이 초인종을 누르자 갑자기 문이 열렸다. 그곳에서 한 중년 남성이 나를 수상하다는 눈빛으로 바라보았다.

"누구야? 무슨 일인데?"

"죄송합니다. 잘못 눌렀어요."

내가 급히 발길을 돌리려고 하자 기다려, 하는 소리가 들렸다.

"용돈이 필요한 거 아니니? 일 소개해 줄까?"

그는 너덜너덜한 운동화에 닳아서 찢어진 청바지와 싸구려 후드 티를 걸친 나를 향해 말했다.

"어떤 일인데요?"

가진 돈은 며칠만 지나면 다 떨어질 형편이었다.

"그건 말이지, 일단 안으로 들어올래?"

조금 전과는 전혀 다른, 어쩐지 기분 나쁜 목소리였다.

"아뇨, 됐어요."

"사양하지 말고. 돈 필요하잖아."

"실례했습니다."

나는 자리를 피하려 했으나 남자가 내 어깨를 잡았다.

"왜 이러세요?"

"뭐야? 애써 친절하게 말해 주는데."

남자는 집요했다.

"놓으라니까!"

내가 남자의 손을 뿌리치자, 그가 내 등을 발로 찼다. 하마터면 계단에서 굴러떨어질 뻔했다. 쾅, 하고 닫힌 문을 바라봤다. 그러다 현관문에 붙어 있어야 할 유타로에게 남긴 메모가 보이지 않는다는 걸 알았다. 분한 마음에 눈물이 흘렀다. 나는 원룸을 등진 채 걸어가며 이제 다시는 저곳에 가지 않겠다고 맹세했다. 그리고 잠자리를 해결해 주던 패밀리 레스토랑으로 돌아왔더니 점원들이 쟤 또 왔네, 하는 듯한 눈빛을 보냈다.

"고객님, 이쪽으로 오세요."

점원에게 안내받은 곳은 화장실 옆 구석진 곳에 있는 테이블이었다. 나는 레몬티를 주문하고, 가진 돈을 확인했다. 내 손바닥에는 500엔밖에 남아 있지 않았다. 오늘도 나는 테이블 위에 푹 엎드린 채 눈을 감았다.

얼마나 그러고 있었던 것일까? 문득 "괜찮아?" 하고 묻는 소리에 놀라 고개를 들었다. 눈앞에는 30대 정도 돼 보이는 낯선 여성이 앉아 있었다.

"걱정하지 마. 너를 경찰서로 데려가려는 건 아니야. 10대지?"

내가 대답을 망설이자, 여자는 명함을 내밀었다. 명함에는 'NPO 법인 사잔카회 이와사키 아사미'라고 적혀 있었다.

"우리는 국민들이 최소한의 생활을 할 수 있도록 도움을 주는 단체야. 밤마다 여기서 잠자리를 해결하고 있는 거 맞지? 괜찮다면 무슨 사연인지 말해 주지 않을래?"

나는 본능적으로 내 앞에 앉아 있는 이 여성은 신뢰해도 된다는 것을 깨달았다. 그래서 작년 7월 가출한 이후부터의 일에 대해 차근차근 이야기하기 시작했다. 지난 반년 동안 내가 경험했던 일들을 누군가에게 들려주고 싶은 마음이 간절했던 것 같다. 그 여성은 내가 말하는 내내 귀담아들어 주었다. 모든 이야기를 털어놓고 나자 속이 후련한 느낌이 들었다.

"아쉽게 됐네. 남자 친구는 고용 해지를 인정하지 않고, 새로운 일터를 공장 측에 요청할 수 있었어. 원룸도 거주권이 인정돼서 굳이 비워 줄 필요 없었고."

"거주권이 인정된다고 해도 더 이상 월세 낼 돈이 없었어요."

"그럼 날 따라올래? 당장 머물 곳도 없잖아?"

나는 고개를 끄덕이고는 그 여성과 함께 자리에서 일어섰다.

"나는 가와사키 주민이지만, 사무실은 시나가와에 있어."

역에 있는 물품 보관소에 넣어 둔 짐을 찾은 뒤, 이와사키 씨와 함께 열차에 올랐다. 시나가와는 한 정거장밖에 떨어져 있지 않았다. 시나가와역 서쪽 출구에는 고급 호텔이 줄지어 늘어섰고, 동쪽 출구에는 고층 빌딩이 모여 있었다. NPO 사무실은 동쪽 출구의 축산 시장 근처에 있었다. 저녁 7시가 넘어서인지 사무실에는 아무도 없었다.

"안으로 들어가면 숙박 시설이 있어. 오늘 밤에는 거기서 자도록 해."

사무실에서 복도를 지나 두 번째 방문을 열었더니, 주거 공간이 모습을 드러냈다.

"여기는 자립지원센터에 입주하기 전 임시로 거주하는 시설이야. 화장실과 부엌은 공용이니까 불편하더라도 조금만 참아."

나에게는 피시방이나 패밀리 레스토랑 의자가 아닌 이불에서 잘 수 있다는 것만으로도 천국이었다.

"내일 아침에 또 올게. 그때 앞으로의 계획이라든지 남자 친구의 실종에 관한 일들을 구체적으로 이야기해 보자."

나는 감사를 표하고, 이와사키 씨와는 그렇게 헤어졌다.

곧바로 잠에 들고 싶었지만, 오랫동안 씻지 않았기에 우선 샤워를 하기로 했다. 가방에서 갈아입을 옷과 수건을 가지고 나왔다. 시설 복도를 지나는데 어떤 남자와 마주쳤다. 나는 가볍게 머리를 숙여 인사하고 지나가려 했다. 그때 아쓰미, 하고 부르는 소리가 들렸다. 나는 놀라서 고개를 돌렸다. 어두운 복도에 망연자실한 표정으로 우두커니 서 있는 남자의 모습이 보였다. 그 사람은 다른 누구도 아닌, 8개월 전 나와 동생 그리고 엄마를 남겨둔 채 홀연히 모습을 감추었던 아빠였다.

스물여섯, 건너뛰기

가와나 미카는 나의 이야기를 진지한 태도로 듣고 있었다.

"나는 그때 미성년자여서 그 즉시 아버지의 보호를 받게 되었어. 아버지는 울면서 나에게 사과했지. 몇 번이고 연락하려 했지만 생활은 안정되지 않았고, 그렇게 시간만 자꾸 흘러갔대. 도쿄에서 파견직으로 일하기 시작했는데, 6개월 만에 해고되면서 더 힘들었나 봐. 유타로와 같은 처지였던 거지. 다음 날 이와사키 씨는 우리를 복지 사무실로 데려갔어. 가족이 함께 거주하는 숙소를 신청했는데, 운 좋게 하나가 비어 있어서 당일 입주할 수 있었지. 그리고 곧바로 기초 생활 수급자 신청도 했어. NPO 소속인 이와사키 씨가 도와줘서 쉽게 통과되었던 것 같아. 원래 관공서에서는 그런 종류의 심사를 엄청 까다롭게 하잖아. 이와사키 씨한테는 지금도 정말 고맙게 생각하고 있어. 그리고 아빠와 지내는 것에 거부감은 없었어. 오히려 엄마랑 동생과 지내는 것보다 마음이 편했거든. 무엇보다 이제 그들이 나를 받아 줄 리 없다고 생각했어."

"그래서 유타로는 어떻게 됐어요? 선생님이 사랑하는 그 사람이요."

미카가 더 이상 기다릴 수 없다는 표정으로 물었다.

"유디로는 죽었어."

미카의 눈동자가 흔들렸다.

"연말에 건설 현장에서 일하던 도중 건축 자재가 부서져 내리면서 그 밑에 깔렸대. 너무 오래 초과 근무를 한 나머지 심각하게 피곤한 상태에서 비틀거리다가 도망가지 못했다며……."

"그건 너무하잖아요! 선생님을 아껴 주던 사람이었는데."

"그런데 유타로가 병원 응급실로 옮겨진 뒤 잠깐 의식이 돌아왔었나 봐. 아쓰미, 아쓰미, 하며 나를 불렀었대."

당시의 일을 떠올리자, 순간 감정이 북받쳐 올랐다.

"아쓰미한테는 알리지 말아 달라고 어눌한 발음으로 힘겹게 말한 것이 그의 마지막이었어. 나중에 함께 병원에 갔다던 상사가 알려 주더라고. 나한테 걱정 끼치기 싫었던 거지. 사망 원인은 외상에 의한 지주막하출혈이래."

미카가 눈물을 흘리기 시작했다.

"유타로의 시신은 집으로 보내졌어. 나는 그에게 벌어진 일을 알지 못한 채 한결같이 돌아오기만을 기다렸으니, 장례가 치러진 줄도 몰랐지."

나중에 유타로의 부고를 들었을 땐, 어른들이 우리 사이를 갈라놓기 위해 거짓말하는 거로 생각했다. 하지만 그때까지도 여전히 유타로의 소식을 들을 수 없었던 데다가 어떤 이유에서라도 죽음을 날조한다는 건 있을 수 없는 일이라는 생각이 들었다. 유타로의 죽음이 눈앞의 현실로 다가왔다. 그리고 끝내 그 일을 사실로 받아들일 수밖에 없다는 걸 인정한 순간, 눈물이 쏟아져 내렸다. 나는 며칠 내내 종일 울기만 했다. 아빠는 물도 음식도 입에 대지 않고, 울고만 있는 나를 아무 말 없이 걱정스러운 눈으로 바라봤다.

"누군가의 죽음 앞에 눈물을 흘린다는 건 조의를 표하는 일종의 의식 같은 거잖아? 사랑하는 사람이 죽었는데 울지 않는 사람이 어디 있겠어. 그래서 난 유타로의 생전 모습을 떠올리며 계속해서 눈물을 흘렸어. 건축 자재 아래에 깔렸다니, 얼마나 아팠을까 생각하면 너무 괴롭더라고. 그래서 몸이 말라비틀어질 때까지 울었던 것 같아."

지금 나 대신 눈물을 흘리고 있는 사람은 미카였다.

"그렇게 오열하고 나니 힘이 빠져서 멍한 상태로 정신을 차리지 못했어. 아무것도 하고 싶지 않았지. 당연히 공부도 손에 잡히지 않았고, 방에서 벽만 바라보며 지냈어. 그러던 어느 날, 생리가 없다는 것을 깨달았어. 유타로를 잃은 충격으로 잠시 멈췄나 싶었지만, 일단 자가 임신 검사 키트를 사서 체크해 봤더니 양성인 거 있지?"

미카가 울음을 멈추고 고개를 들었다.

"그래서 어떻게 했어요?"

"병원에 검사하러 갔지. 알고 보니 임신 2개월이었어. 노래방에 갔던 그날 임신이 된 거야. 나는 아빠에게 임신 사실을 알렸어. 그리고 아이를 꼭 낳고 싶다고 했지. 아빠는 다행히 내 의사를 존중한다고 말해 주더라고. 그때부터 난 더 이상 울거나 멍하게 있을 때가 아니라고 스스로 마음을 다잡았어. 공부를 만회하기 위해 미친 듯 열중했지. 아빠도 그런 나를 보더니 다시 일자리를 구하기 시작했어."

"잠깐만요. 그럼 배가 부른 상태에서 시험공부해서 합격했다는 건가요?"

"그래, 맞아. 가장 힘들었던 건 검정고시 때였어. 임신 8개월로 배가 불렀거든. 시험장에 들어갔더니 사람들이 눈을 동그랗게 뜨고 나를 바라보더라고. 하지만 시험 자체는 그다지 어렵지 않아서 다행이었어. 결국 검정고시에 무사히 합격하고, 그해 11월에 건강한 남자아이를 출산했어. 그렇지만 한숨 돌린 것도 잠시, 그다음 해 1월에 치를 대학 입학시험을 준비해야 했지."

"그래도 잘 견뎌 냈네요."

"사실 몇 번이나 포기할 뻔했어. 하지만 내가 의사가 되는 것은 죽은 유타로의 간절한 소원이기도 했으니까. 실업 상태였던 아빠가 가사와 육아를 맡아 준 것도 도움이 됐던 것 같아. 그렇게 나는 국립 대학의 의학부에 합격했고, 장학금 심사도 통과했단다."

"대단하다……."

미카는 잠시 생각에 잠기는가 싶더니 곧 입을 열었다.

"사실은 저도 남자 친구가 있었어요. 뭐 5개월 전에 헤어졌지만. 이 얘기는 선생님한테만 하는 거예요."

"방에서 나오지 않기 시작한 건 그때부터였니?"

미카가 가볍게 고개를 끄덕였다.

"저랑 결혼한다더니 결국 의사 딸한테 반해서 날 찼어요."

미카가 의사를 싫어하는 것도 이해가 됐다.

"아직 미련이 남은 거야?"

미카는 딴청을 피우며 모르겠다고 답했다.

"선생님, 아기 사진 없어요?"

"있지."

나는 유타로와 나의 아들인 노조미의 사진을 꺼내려고 서랍을 열었다. 지난주 함께 산을 등산했을 때 찍은 스냅 사진이 들어 있었다. 그리고 서랍 안을 뒤적거리다가 우연히 작은 물건이 손에 닿았다. 유타로의 유품인 핸드폰이었다. 노조미의 사진을 미카에게 건네준 뒤, 낡은 핸드폰에 충전기를 꽂고 전원을 켰다. 유타로의 핸드폰에 있던 모든 데이터는 삭제되었지만, 딱 한 장의 사진만은 남아 있었다. 나는 그 사진을 미카에게 보여 줬다.

"이 사람이…… 유타로?"

유타로가 유일하게 저장하고 있던 '언제까지나 아쓰미와 함께'라는 제목이 붙은 사진이었다. 이건 집을 나온 그날 밤, 호텔에서 유타로와 내가 같이 찍은 거였다. 유타로의 임종을 지켰던 회사의 상사는 사진을 보고, 유타로가 마지막에 힘겹게 부르던 아쓰미가 누구인지 알았다고 한다. 그는 고맙게도 내가 사는 곳을 찾아와 주었다. 그리고 유타로가 남긴 핸드폰을 건넸다.

"유족들에게 시신을 넘기고 난 뒤에 핸드폰을 발견해서 이것도 집으로 보낼지 망설였지만, 역시 이건 여자 친구가 갖고 있는 게 맞다고 생각했단다."

현장 감독이라는 그 상사는 눈물을 참으며 말했다.

"힘든 건설 현장에서 유타로는 무엇도 불평하지 않았어. 가와사키에 여자 친구가 살고 있는데, 그 사람을 위해 열심히 일해서 장차 결혼할 거라고……."

나는 상사의 이야기를 듣다가 문득 유타로의 말이 떠올랐다.

"진부한 표현일지도 모르지만, 우리는 천생연분이야. 아쓰미는 나의 희망이니까 의사가 되는 것은 내 간절한 소원이기도 해. 이 동네는 아쓰미가 공부하기에 좋은 환경은 아니니까, 나중에 의사가 되면 도쿄 외곽으로 이사 가서 커다란 개도 키우고……."

그때 나는 마음속으로 작은 강아지가 더 좋은데, 하고 답했었다. 하지만 곧 마음을 고쳐먹었다. 아무려면 어때. 난 유타로와 함께 있는 것만으로도 행복한걸.

"잘생겼네요. 아빠랑 아기랑 완전 판박이."

미카가 두 개의 사진을 비교하면서 말했다.

"출산과 육아는 힘들었겠지만, 그래도 노조미 덕분에 선생님은 의사가 될 수 있었던 것 같아요."

"너도 할 수 있어."

미카가 내 눈동자를 바라보며 쌩긋 웃었다.

"혹시 저 선생님 동생이랑 조금 닮지 않았나요?"

"그런 것 같진 않은데?"

"동생은 지금 무슨 일을 해요? 선생님은 지금도 엄마랑 동생이랑 사이가 안 좋아요?"

"그렇지 않아. 우리는 어른이 되었고, 엄마도 이제 늙었으니까. 동생은 지금 간호사야. 나와는 달리 착실하게 고등학교를 졸업한 후 간호학을 전공했어."

"와, 불평만 하던 사람이 간호사가 되다니. 어떻게 그런 일이!"

"간호사는 너무 힘든 직업이라며 여전히 투덜거리고 있긴 해."

시계를 보니 진료 마감 시간인 6시가 다 되어 있었다.

"또 초조해지면 선생님 만나러 와."

"이제는 안 와도 될 것 같아요. 선생님이 해 준 얘기는 슬펐지만, 제게 큰 용기를 줬어요. 너무 감동적이에요. 감사해요."

미카는 일어나서 나에게 고개 숙여 인사했다. 그리고 뒤돌아 진료실을 씩씩하게 걸어 나갔다. 미카의 뒷모습은 풋풋하고도 거침없어 보였다.

열일곱의 미리보기

1판 1쇄 펴낸날 2024년 9월 10일

지은이 쿠로노 신이치
옮긴이 이미향
펴낸이 김민지

편집 박다예, 최성휘
디자인 서정민
마케팅 장동환, 김하연

펴낸곳 미래M&B
등록 1993년 1월 8일(제10-772호)
주소 04030 서울시 마포구 동교로 134 미진빌딩 2층
전화 02-562-1800(대표)
팩스 02-562-1885(대표)
전자우편 mirae@miraemnb.com
홈페이지 www.miraeinbooks.com
블로그 blog.naver.com/miraeibooks
인스타그램 @mirae_inbooks

ISBN 978-89-8394-987-5 (43830)

＊잘못 만들어진 책은 구입처에서 바꾸어 드립니다.
＊미래인은 미래M&B가 만든 청소년, 성인을 위한 브랜드입니다.